周作人

产品合格证

江苏凤凰新华印务集团有限公司

凡印装错误请向本厂生产质量部调换

地址：江苏省南京市新港开发区尧新大道399号

邮政编码 210038 生产质量部电话：025-68037417

检查员 1

吃
肉

目录

001　**第一辑**

002　牛肉锅

004　烤越鸡

006　吃烧鹅

008　吃鹅肉

010　鲞冻肉

012　带皮羊肉

014　吃鱼

016　吃肉

018　吃蟹

020　吃蟹(二)

022　猪肉

024　鱼腊

026　家常菜

028	暖锅
030	猪头肉
032	八珍之一
034	烧鹅
037	**第二辑**
038	故乡的野菜
041	谈油炸鬼
046	记盐豆
047	臭豆腐
049	味之素
051	吃豆腐
053	藕的吃法
055	腌鱼腊肉
057	瓠子汤
059	进京香糕
061	天下第一的豆腐
063	吃青椒
065	罗汉豆
067	咬菜根
069	藕与莲花

071	真说凉菜

073	**第三辑**
074	萝卜与白薯
076	山里红
078	杨梅与笋
080	汤料
082	卖糖
086	炒栗子
090	炙糕担
091	松花粉
092	豆沙
094	甘蔗荸荠
096	关于荸荠
098	再谈甘蔗
100	吃白果
102	山楂与红果
104	腌菜
106	闲话毛笋
110	瓜子
112	鸡蛋

115	**第四辑**
116	北京的茶食
118	馒头
120	湿蜜饯
122	爱窝窝
124	糯米食
126	香酥饼
128	南北的点心
130	再谈南北的点心
136	羊肝饼
138	关于水乌他
140	点心与饭
142	绍兴的糕干
145	吃酒
147	盐茶
149	南京绍兴饭馆
151	锅块
153	萨其马

155	**第五辑**
156	窝窝头的历史
158	中华腌菜谱

169	日本人谈中国酒肴
182	谈宴会
188	吃饭与筷子
190	再论吃茶
196	糖与盐
198	吃饭与吃面包
200	喝茶
204	谈酒
208	记爱窝窝
209	《茶之书》序
212	绍兴酒的将来
214	三顿饭
216	"总理衙门"
218	古代的酒
220	煎茶
222	过年的酒
224	鸡鸭与鹅
226	绍兴酒
228	关于糯米
230	茶汤
232	吃茶

第一輯

牛肉锅

从柳絮先生的文章里,得知上海市上司盖阿盖名称的变化,很有意思。司盖阿盖原是日本语,其实直接的说还不只是牛肉锅么,虽然这在生意经上不很合适,因为太平凡了,不足以资号召。本来在日本这也是一种新的吃法,在明治维新以前是没有的,因为那时他们不吃牛肉,到维新时代大家模仿西洋,于是觉得面包牛奶非吃不可,牛肉也流行起来了。热血青年短发敞衣,喝酒烧牛肉吃,扼腕谈天下事,当时这便叫做"开化锅"的。司盖阿盖的原意是说把"薄切"的肉浸了酱油"烤"了来吃,实际与叉烧差不多少,后来才转变为用黄油甜酒酱油做底子,加入牛肉片以及葱和芹菜等,已经不是烤而近于炒与煮了。日本食物中蛋糕名贺须底罗,又以面粉包虾鱼蔬菜油煎食之,如北京所谓高丽什么的,名天麸罗,都从西班牙语转来，也至近世才有。中国称为高丽不知何故，北京且用作动词，如云把这去高丽一下子，但别处似无此语，大抵只说是面拖油炸罢了。

1950年12月29日载《亦报》

烤越鸡

且居先生说我们住在北方的绍兴人,再过一年,一定可以吃得到越鸡。这预约是十分可感谢的,不过说精通南北之味,那可使我很是惶恐,因为我也是只喜欢谈谈乡下吃食而已,那里够得上说通呢?诚然如孟子所说,鱼与熊掌都曾经吃过,或者可以说是有口福的了,可是熊掌并不好吃,只像是泡淡了的火腿皮,这固然是细条,但这种味道即使整方的咬了吃,也未必及得红炖肘子吧。猩唇豹胎,连看也没有看过,怎么会有资格可谈食味呢。我所觉得喜欢的还是几样家常菜,而且越人安越,这又多是从小时候吃惯了的东西。腌菜笋片汤、白鲞虾米汤、干菜肉、鲞冻肉,都是好的,说到鸡则如且居先生的意见一样,白鸡以及糟鸡,齐公所鼓吹的虾油鸡一定也很好,因为我们东陶坊没有这做法,所以不能加在里边。上坟时节的烧鹅,我也是很喜欢吃的,但烤鸡怎么样,那就很难说,锅烧鸡也不过是那么样罢,只是假如挂炉烧的,比煮的可能多保存些鲜味。老实说，我对于烤鸭本不爱好，鸭并不好吃（腊鸭除外），其不能列于三牲之林，或者正非无故吧。（我的祖母，不吃扁嘴的，连鹅也不吃，那大概又是别一个理由。）

1951年2月27日载《亦报》

吃烧鹅

春天来了，一眨眼就是春分清明，又是扫墓时节了。小时候扫墓采杜鹃花的乐趣到了成年便已消失，至今还记忆着的只有烧鹅的味道，因为北方没有这东西，所以特别不能忘记也未可知。在乡下的上坟酒席中，一定有一味烧鹅，称为熏鹅，制法与北京的烧鸭子一样，不过他并不以皮为重，乃是连肉一起，蘸了酱油醋吃，肉理较粗，可是我觉得很好吃，比鸭子还好。烧鹅之外，还有糟鹅和白鲞扣鹅，也都是很好的。北京有鹅却并不吃，只是在结婚仪式上用洋红染了颜色，当作礼物，随后又卖给店里，等别的人家使用，我们旁观者看它就是这样的养老了，实在有点可惜。大概这还是奠雁的遗意，雁捉不到，便把鹅来替代，反正雁也就是野鹅，鹅的样子颇不寒碜，的确可以替代得过。相传王羲之爱鹅，大抵也是赏识他的神气，陆农师在《埤雅》中说，鹅善转旋其项，古之学书者法以动腕，羲之好鹅者以此，乃是十足乡下人的话，未免有点可笑。羲之旧宅在蕺山下，后来舍宅为寺，颜曰戒珠，后人望文生义，便造出传说来，云有珠为鹅所吞，疑人窃去，未几鹅死剖腹得珠，乃大恨悔，遂舍宅而称以戒珠云。案戒珠本佛教成语，谓戒如璎珞珠，如云以珠为戒，反为不词，至于鹅吞珠事见于《贤愚因缘经》，赞颂梵志的守戒与穿珠师的忏悔，反复唱说，是绝好一篇弹词，与羲之自无关系，惟以鹅故而被牵连说及，则亦不能说全没有因缘也。

      1950年2月20日载《大报》

吃鹅肉

读了公白先生的一篇《糟高头》，不禁发生怀乡之念来，因为我喜欢鹅肉，无论是糟鹅、熏鹅或是扣鹅，而这在北京是吃不到的。在乡下鹅肉不算是好东西，因为肉粗，平常新年请客或较好的忌日酒上都不使用，在饭馆里也不预备这一样菜，有的只是鸡鸭。我却就是喜欢它的粗里带有甘（并不是甜）味，所以觉得比鸡鸭还可取，但是因为上述的原因，平时也不大有，要等有什么特殊的机会。上坟时节，不晓得为什么缘故，照例要用熏鹅，蘸了酱酒醋吃非常的好，此外祠堂的祭祀，例如春分，就有扣鹅作为扣鸡的代用品，那都是一桌上一碗，可以吃得到嘴罢了。最好的是过年祝福，三牲中有一只鹅，栈养得很肥大的，祭过神之后除留下一点扣鹅的材料外，大部分都是糟了，这容得我们直吃到收灯的时候。北京并不是没有鹅，但是被当作雁看待，我们在桌上碗里吃不着它，只看得它染得红红的，被人抬着送往新娘家去，古色古香的去"奠雁"，奠了之后，是收下又卖出呢，还是租用了退还呢，总之又出来了，准备下一次又染了送去。我也曾想到买它来吃怎么样？但是怕送礼送老了，未必有什么好吃了。我们乡下一般并不忌讳说吃鹅肉，虽然也有别号叫做港流，上一字读如戆大的戆，小时候便听见祖母这样的说，其原因当然是从忌讳来的。

1951 年 6 月 30 日载《亦报》

鲞冻肉

今年冬天北京天气不大冷,平常在一月中间总有两天要冷到零下十五六度,但今年最低只是十度而已。尤其特别的是门窗玻璃上不冻冰,不像每年那么一到早晨,便都变成了花玻璃,有时还冻成山水花草模样,等到火炉烧暖了,窗台上又流满了水,现在是拉开窗帘,干净清澈如平时一样。我想原来天气或者是如此的,每年有寒流过来,便那么大冷,今年不听说来,所以显得和暖。别处大概也都是这样,乡友从上海来信,说旧年想做"鲞冻肉"吃,就恐怕不冻,虽然不曾说明度数,可见是情形差不多了。

说到鲞冻肉,我们家里倒也想做,做了放在院子里的空水缸内,也不会不冻,可是今年不曾做得。鲞冻肉是乡下过年必备之品,《越谚》里说:"为过年下饭,通贫富有之,男女雇工贺年,必曰吃鲞冻肉饭去。"做法很是简单,只是白鲞切块,与猪肉同煮,重要的是冻了吃而不是吃现煮的。有钱人家加入鸡肉,名曰鸡鲞冻,其实可以不必，但如在上海用去皮猪肉来做，怕冻不好，那么加些翅皮进去是最好的方法，这只是鲨鱼的皮，大概不见得贵吧。我们的鲞冻肉没有做成，原因是有肉无鲞，不知怎的在西城平常买南货的店铺里都找不到一片。白鲞虽是比勒鲞、王瓜头鲞要好一点，原是用黄鱼所晒，算不得什么奢侈物品，在推行物产交流的时候，正该多发出来，如今却是找它不着，是很可惜的事。（江瑶柱我们不需要，市上还是有的。）

1952年2月5日载《亦报》

带皮羊肉

在家乡吃羊肉都带皮，与猪肉同，阅《癸巳存稿》，卷十中有云：

羊皮为裘，本不应入烹调。《钓矶立谈》云，韩熙载使中原，中原人问江南何故不食剥皮羊，熙载曰，地产罗纨故也，乃通达之言。

因此知江南在五代时便已吃带皮羊肉矣。大抵南方羊皮不适于为裘，不如剃毛作毡，以皮入馔，猪皮或有不喜啖者，羊皮则颇甘脆，凡吃得羊肉者当无不食也。北京食羊有种种制法，若前门内月盛斋之酱羊肉，又为名物，惟鄙人至今尚不忘故乡之羊肉粥，终以为蒸羊最有风味耳。

羊肉粥制法，用钱十二文买羊肉一包，去包裹的鲜荷叶，放大碗内，再就粥摊买粥三文倒入，下盐，趁势食之，如用自家煨粥更佳。吾乡羊肉店只卖蒸羊，即此间所谓汤羊，如欲得生肉，须先期约定，乡俗必用萝卜红烧，并无别的吃法，云萝卜可以去膻，但店头的熟羊肉却亦并无膻味。北京有卖蒸羊者，乃是五香蒸羊肉，并非是白煮者也。

1944年5月载《书房一角》

带皮羊肉

吃鱼

生长在江浙的人说起鱼来,大概总觉得一种爱好,孟子说鱼亦我所欲也,可见这并不论地域,现在只就自己所知道的来说罢了。水乡不必说了,便是城里也都是河道,差不多与大街小巷平行着,一叶渔舟,沿河高呼"鱼荷虾荷",在门口河埠头就可以买到,若是大一点的,有如胖头鲢鱼、鲫鱼之类,自然在早市更为齐全便利,总之在那里鱼虾的供给是与白菜萝卜一样的普遍的。

人家祭祖照例用十碗头,大抵六荤四素吧,从前叫厨司代办,一桌六百文,三鲜里有鱼圆,此外总有一碗煎鱼,近似所谓瓦块鱼,在杭州隔江的西兴镇,饭店老板劝客点菜,也总提议来一碟烤虾一块煎鱼,算作代表的家常菜。农工老百姓平常少吃肉,鱼虾却是常用,鱼固然只是小鲜,虾则范围颇广,虾蛭螺蚌,得着便吃,价亦不贵。此外宁波来的海味,除白鲞外,王瓜头鲞带鱼勒鲞以至淮蟹,因腌货可储藏而又杀饭,大家爱用,南货店之店铺多,生意好,别处殆鲜有其比。古人称越人断发文身，与蛟龙斗，与蛙黾处，现在不是那样了，但其与水族的情分总之还是很不错的。北方虽然也有好些大河，鱼却不可多得，不能那么大众化了，一般人吃不着，咸鱼也少见，南货店多只卖干果类，稻香村之类的地方带卖一点鱼鲞，这又成了贵货，不是平民的食品了。大概鱼类宜于吃饭，自然吃酒更好，若是面食那便用处很少，除非是吃黄鱼面或划水面，但这又不是北方普通的吃法，供给不多，需求又少，其所以不能大众化，盖非无故也。

1950年1月4日载《亦报》

吃鱼

吃肉

从前有一个我的朋友,并非什么有名人,而且已经去世了,他说过一句很有意思的话,说凡可吃的东西他都能吃,只有人肉除外,我很赞同我的朋友的这句话,自己觉得也正是如此。话虽是这样说,人肉固然不吃,别的肉类也是吃的不多,没有什么值得说的。我吃过的四只脚的肉有猪羊牛驴,狗马骆驼则不曾吃着,甲鱼与田鸡不知是否也该列在里边,两只脚的有鸡鸭鹅,雉鸡柏子鸟麻雀野味。我并不主张吃素,但也不赞成一定非吃肉不可,有些飞走的小动物,有如鸽子兔子,不必搜求来吃,既有普通的鸡豚也就可以够了。我的意见大抵如古人所说,蒜葱鱼肉碰着便吃,觉得无须太是馋痨,一心想吃别个的肉,况且在现时这个肉价钱,要吃也实在不易。动物有草食肉食两种,生理各别,不能改善,人原是草肉兼食的,比较可有通融,西北草原的游牧民族通年把羊肉当饭,有些山乡的老百姓每天只吃番薯与六谷(玉米)糊,也一样的生活下去。

中国本部的人愁的只是没有饭吃(包含面与杂粮在内),没有肉吃怕什么。列位不要以为这是《伊索寓言》里的狐狸,因为够不着所以说是酸葡萄,我的话是代表中国的穷人说的,自然也连自己在内,乃是由衷的真话。《孟子疏》中说七十者不食肉不饱,虽是好意却并非事实,至少现时的老头子没有这样的好胃口,即吃也甚有限,这里可见古今人之不同,但同时又有一句云"肉食者鄙",这倒有几分道理,假如要找酸葡萄的口实,庶几可以适用吧。

1950年1月5日载《亦报》

吃蟹

现在并不是吃蟹的时候,这题目实在乃是看了勤孟先生的文章而引起的。我虽不是蟹迷,但蟹也是要吃的,别无什么好的吃法,只是白煮剥了壳蘸姜醋吃而已,不用自己剥的蟹羹便有点没甚意思,若是面拖蟹我更为反对,虽然小时候在戏文台下也买了点面拖油炸的小蟹吃过。我反对面拖蟹,因为其吃法无聊,却并非由于蟹的腰斩之惨,因蟹虾类我们没法子杀它,只好囫囵的蒸煮,这也是一种非刑,却无从改良起。大臣腰斩血书惨字的故事我也听见过,又听说有残酷的草头王喜欢把上半身立即放在拭光的漆桌上,创口吸着,可以活上半天云。这些故事用以形容古时封建君主的凶残是可以的,若是照道理讲来大概不是事实。

腰斩是杀蟹的惟一方法,此外只有活煮了,别的贝类还可以投入沸汤,一下子就死,蟹则要只只脚立时掉下的,所以也不适用。世人因此造出一种解释,以为蟹虾螺蛤类是极恶人所转生,故受此报,有人更指定蟹是犯的大逆罪,因为小蟹要吃母蟹的。这话自然不能相信,我们吃蟹时尚且需铁槌木砧,小蟹的钳力量几何,乃能夹开硬壳而吃老蟹之肉乎?

假如要吃蟹,实在没有别的办法,面拖蟹则大可不必吃,这是我个人的意思。

1950 年 8 月 30 日载《亦报》

吃蟹（二）

螃蟹是不是资产阶级的食物，这回答很不大容易。像正阳楼所揭示的胜芳大蟹，的确只有官绅巨贾才吃得起，以前的教书匠们也只能集资聚餐，偶尔去一次而已。可是光绪年间在南京读书的时候，曾经同叔父用了两角小洋买蟹，两个人勉力把蟹炖吃了，剩了半锅的肥大的蟹脚没有办法。现在说来虽然已是古话，这可见又是并不贵了。吃蟹本是鲜的好，但那醉的腌的也别有味道，很是不坏。醉蟹在都市上虽有出售，乡间只有家里自制，所以比较不易得到，腌蟹则到时候满街满店，有俯拾即是之概，说是某一季的民众副食物也不为过。腌蟹通称淮蟹，译音如此，不知道是哪里来的，形状仍是普通的湖蟹，好的其味不亚于醉蟹，只是没有酒气。俗语云，九月团脐十月尖，这说明那时是团脐蟹的黄或尖脐的膏最好吃，实际上也是这顶好吃，别的肉在其次。腌蟹的这两部分也是美味，而且据我看还可以说超过鲜蟹，这可以下饭，但过酒更好，不知道喝老酒的朋友有没有赞成这话的。腌蟹的缺点是那相貌不好,俨然是一只死蟹,就是拆作一胠一胠的,也还是那灰青的颜色。从前有人说过,最初吃蟹的人胆量可佩服,若是吃腌蟹的,岂不更在其上了么?

1950年8月31日载《亦报》

猪肉

各地民族食物，除谷类外，所用肉类大抵因风土习惯的关系，各有所偏重，如欧美用牛，蒙回各族用羊，日本多用鱼，中国则用猪肉。我对于猪这动物很有反感，可是猪肉用处之多却也是事实，不能加以否定。在西餐以及专门吃食店里，牛羊肉可以有几种好吃的做法，家庭里便很有点困难，在乡下平常就没有牛肉买，羊肉只好加萝卜红烧，味道实在还不如现成的白切蒸羊，夏天用鲜荷叶包来，从前只要十二文一包，确实价廉物美。说到猪肉便大不相同了，干腊方面有火腿、家乡肉、腊肉等，各有不同的风味，鲜的且不说北京沙锅居的白肉席，全身猪身上的东西做成几十种菜，舟山的朋友曾去尝试，吃到两样甜做的，同我说起时还显得惊奇与狼狈。我们只说东坡肉与粉蒸肉这两味，实在非猪肉莫办，至于肉丝与肉片的功用，更甚广大，笋丝韭黄的小炒与笋片京冬菜的中炒，又是多么的不同呀。

那个猪头看去不雅,却是那么有味,十多年前友人苦水请我新年吃饭,他是武松的乡亲,依照本乡习俗拿出特制的馒头(并非包子)和猪头来,虽然说来有点寒伧,那个味道我实在忘记不了。陆放翁记什么地方的庙里揭示云,祭神猪头例归本庙,加以嘲笑,当初我也以为然,但现在反复一想,对于住庙的和尚却也要表示同情了。

1950年9月8日载《亦报》

鱼腊

风鱼腊肉是乡下的名物,最有名的自然要算火腿与家乡肉了,但是这未免太华贵一点,而且也有缺点,虽然说是熏腊,日子久了也要走油"哈拉",别的不说,分量总是要减少了。在久藏不坏这一点上,鱼干的确最好,三尺长的螺蛳青,切块蒸熟,拗开来肉色红白鲜明,过酒下饭都是上品。但是我觉得最喜欢的还是鱼腊,这末一字要注明并非臘月的臘字的简写,就是那么从肉昔声的字。范寅《越谚》注云音昔,夏白鲫用椒酒酱烹烘。范君这注有点电报式的,须得加以补充,这就是说夏天取白鲫较小者,用酱油加酒和花椒煮熟,炭火烘干,须家中自制,市上并无出售。这鱼风味淡白,可肴可点,收藏在瓷瓶里,随时摸出几条来,不必蒸煮就可以吃,味道总是那么鲜美,这是它特别的特色。秋高气爽,大概是宜于喝老酒的时候吧,我说这话,未免显得馋痨相,其实这只是表面如此,若是里面则心想鱼腊。眼看的却是自己的文章,这些写下来才有一个月之久，登山来看时多已生了白花或是青毛，至少也有霉颐气，心想若能像风鱼腊肉那样经久一点，岂不很好，其中理想自然以鱼腊为第一，而惜乎其不可能也。新鲜一路的文章也很好，如齐公的《北京吃肉》，我十分佩服，却是写不来，那东单的李记小店我也还是第一次听到，其门口的朝东朝西当然更不知道了。

1950 年 9 月 29 日载《亦报》

家常菜

有这样一个故事,据说有一年,美国议会老爷若干名结队往法国游历,到了巴黎,市长竭诚的招待这班贵宾,雇了第一有名的厨子来做菜。这位大司务卷起袖口等着,听说客人差不多来了,预备要动手,随便问伙计道,他们现在干什么?答说,正在抽烟谈天哩。这位大司务便放下厨刀,对伙计说道,你来就行了,舌头熏厚了还懂得什么鸟味道。这本是传说,真假并不保证,那卷袖口和放厨刀的举动更是经不起考证研究,但是这故事还有意思,所以辗转传述下来了。主客本来都是资本主义的老板,不过一个是奢华的乡绅,一个是粗俗的暴发户,合不在一起,闹了笑话,这是很可能的。讲到实惠好吃,自然还是家常菜,说起来大概人人同意,可是实行很有问题,平时没有话讲,到得口袋里有几文富裕的时候,还不是想上馆子去，吃搁点什么味精之类的名菜么？讲吃食不是我的本意，只觉得故事有点意义，所以记下来，却不意成功这样一篇文章了。

1950年10月12日载《亦报》

家常菜

暖锅

乡下冬天食桌上常用暖锅,普通家庭也不能每天都用,但有什么事情的时候,如祭祖及过年差不多一定使用的。一桌"十碗头"里面第一碗必是三鲜,用暖锅时便打这一种装入,大概主要的是鱼圆、肉饼子、海参,粉条、白菜垫底,外加鸡蛋糕和笋片。别时候倒也罢了,阴历正月"拜坟岁"时实在最为必要。坐上两三小时的船,到了坟头在寒风上行了礼,回到船上来虽然饭和酒是热的,菜却是冰凉,中间摆上一个火锅,不但锅里的东西热气腾腾,各人还将扣肉、扣鸡以及底下的芋艿、金针菜之类都加了进去,"咕嘟"一会儿之后,变成一大锅大杂烩,又热又好吃,比平常一碗碗的单独吃要好得多。乡下结婚,不问贫富照例要雇喜娘照料,浙东是由堕民的女人任其事,她们除报酬以外还有一种权利,便是将新房和客人一部分的剩余肴馔拿回家去。她们用一只红漆的水桶将馋馀都倒在里边,每天家里有人来拿去,这叫做拼拢坳羹，名称不很好，但据说重煮一回来吃其味甚佳云。我没有机会吃过这东西，可是凭了暖锅的经验来说，上边的话，大概不全是假的。

1951年1月25日载《亦报》

猪头肉

小时候在摊上用几个钱买猪头肉,白切薄片,放在干荷叶上,微微洒点盐,空口吃也好,夹在烧饼里最是相宜,胜过北方的酱肘子。江浙人民过年必买猪头祭神,但城里人家多用长方猪肉,屠家的专名是元宝肉,大概因为新年置办酒席,需用肉多的缘故,所以在家里就吃不到猪头。北京市上售卖的很多,但是我吃过一回最好的猪头肉,却是在一个朋友家里。他是山东清河县人氏,善于做词,大学毕业后在各校教书,有一年他依照乡风,在新年制办馒头猪头肉请客,山东馒头之佳是没有问题的,猪头有红白两样做法,甘美无可比喻。主人以小诗两首代柬招饮,当时曾依韵和作打油,还记得其一的下两句云:早起喝茶看报了,出门赶去吃猪头。清河名物,据主人说此外还有《臭水浒》,清河人称武松为乡亲,所以对于《水浒》似乎特别有兴趣,喜欢说,无论讲那一段都说得很黄色,因此得了臭名。这本是禁止的,可是三五人在墙根屋角,就说了起来,这是很特殊的一种说法,但若是把《水浒》当作《金瓶梅》前集看时,那么这也是可以讲得过去的吧。

1951年2月11日载《亦报》

八珍之一

中国古时所谓八珍只是八种烹调法,用的材料还是牛羊犬豕之类而已,后世务为奢侈夸大,大概也受了道教的影响,辄言龙肝凤髓,根本就是空话,猩唇驼峰可以实有,但照熊掌的例看来,无非是干肉皮煮汤的味道,还远不及火腿皮哩。其中最为奇怪的是一味鸮炙,庄子说过,见弹而求鸮炙,可见这历史是很长久的了。这是用什么材料做的呢?读书人坐在书房里闭目一想,这总该是猫头鸟吧,如《格物总论》云,枭声恶,当盛午目不见物,夜则飞行入人家捕鼠,古人重其炙肥而美。可是这事很使得世间的鸟学家和乡下卖鸟肉的有点儿惶惑,猫头鸟是这样好吃的么?日本的川口氏在《飞驒之鸟》卷一中便说及这事,以为要吃那只有一丁点儿,几乎全是纤维,而且还有一种臊气的肉,这有什么好呢。我在乡下养活过猫头鸟,的确知道它是轻而且瘦,从卖鸟肉的老妪的褡裢里也见到拔了毛的,只有小鸡那么样,更显得头大得出奇,据说生瘈病的买去做药吃。陆玑《诗疏》云,枭大如斑鸠,绿色,恶声之鸟也,入人家凶,其肉正美,可为羹臛,又可为炙,汉供御物各随其时,惟枭冬夏常施之,以其美故也。这么说来,它既非圆头大目,有毛角,当然不会是猫头鹰,至于这似斑鸠而绿色的什么鸟,现在似乎没有人认识,或者已经不见了。大概味道也不一定怎么好,否则人们不会把它放过,在野味店头总会出现的。

1950 年 4 月 8 日载《亦报》

烧鹅

阅《清河书画舫》，在王羲之项下说他写经换鹅事，想起小时候常听人说王羲之爱鹅，此事妇孺皆知，殆因右军曾官会稽故耶。绍兴人常食鹅，平常在食品中其品格似比鸡鸭为低，但用以为牲则尊，年末祀神于猪肉外必用鸡二三鹅一，春秋家祭时之三牲则只是鸡与猪肉干鱼而已。春时扫墓，例必用熏鹅，略与烧鸭相似，而别有风味。孙德祖著《寄龛丙志》卷四叙孙月湖款谭子敬：

为设烧鹅，越常馐也，子敬食而甘之，谓是便宜坊上品，南中何由得此。盖状适相似，味实悬绝，鸨鹉者乃得此过情之誉，殊非意计所及。已而为质言之，子敬亦哑然失笑。

鹅鸭味虽迥殊，不佞有安越之意，则宁取�鸭者，鸭虽细滑，无乃过于肠肥脑满，不甚适于野人之食乎。但吃烧鹅亦自有其等第，在上坟船中为最佳，草窗竹屋次之，若高堂华烛之下，殊少野趣，自不如吃扣鹅或糟鹅之适宜矣。

1939 年 7 月 25 日载《实报》

第二輯

故乡的野菜

我的故乡不止一个,凡我住过的地方都是故乡。故乡对于我并没有什么特别的情分,只因钓于斯游于斯的关系,朝夕会面,遂成相识,正如乡村里的邻舍一样,虽然不是亲属,别后有时也要想念到他。我在浙东住过十几年,南京东京都住过六年,这都是我的故乡,现在住在北京,于是北京就成了我的家乡了。

日前我的妻往西单市场买菜回来,说起有荠菜在那里卖着,我便想起浙东的事来。荠菜是浙东人春天常吃的野菜,乡间不必说,就是城里只要有后园的人家都可以随时采食,妇女小儿各拿一把剪刀一只"苗篮",蹲在地上搜寻,是一种有趣味的游戏的工作。那时小孩们唱道,"荠菜马兰头,姊姊嫁在后门头。"后来马兰头有乡人拿来进城售卖了,但荠菜还是一种野菜,须得自家去采。关于荠菜向来颇有风雅的传说,不过这似乎以吴地为主。《西湖游览志》云:"三月三日男女皆戴荠菜花。谚云,三春戴荠花,桃李羞繁华。"

顾禄的《清嘉录》上亦说,"荠菜花俗呼野菜花,因谚有三月三蚂蚁上灶山之语,三日人家皆以野菜花置灶陉上,以厌虫蚁。侵晨村童叫卖不绝。或妇女簪髻上以祈清目,俗号眼亮花。"但浙东却不很理会这些事情,只是挑来做菜或炒年糕吃罢了。

黄花麦果通称鼠麹草,系菊科植物,叶小,微圆互生,表面有白毛,花黄色,簇生梢头。春天采嫩叶,捣烂去汁,和粉做糕,称黄花麦果糕。小孩们有歌赞美之云:

黄花麦果韧结结,

关得大门自要吃。

半块拿弗出,

一块自要吃。

清明前后扫墓时,有些人家——大约是保存古风的人家——用黄花麦果作供,但不做饼状,做成小颗如指顶大,或细条如小指,以五六个作一攒,名曰茧果,不知是什么意思,或因蚕上山时设祭,也用这种食品,故有是称,亦未可知。自从十二三岁时外出不参与外祖家扫墓以后,不复见过茧果,近来住在北京,也不再见黄花麦果的影子了。日本称作"御形",与荠菜同为春天的七草之一,也采来做点心用,状如艾饺,名曰"草饼",春分前后多食之,在北京也有,但是吃去总是日本风味,不复是儿时的黄花麦果糕了。

扫墓时候所常吃的还有一种野菜,俗名草紫,通称紫云英。农人在收获后,播种田内,用作肥料,是一种很被贱视的植物,但采取嫩茎瀹食，味颇鲜美，似豌豆苗。花紫红色，数十亩接连不断，一片锦绣，如铺着华美的地毯，非常好看，而且花朵状若蝴蝶，又如鸡雏，尤为小孩所喜。间有白色的花，相传可以治痢，很是珍重，但不易得。日本《俳句大辞典》云，"此草与蒲公英同是习见的东西，从幼年时代便已熟识，在女人里边，不曾采过紫云英的人，恐未必有罢。"中国古来没有花环，但紫云英的花球却是小孩常玩的东西，这一层我还替那些小人们欣幸的。浙东扫墓用鼓吹，所以少年们常随了乐音去"上坟船里看姣姣"，没有钱的人家虽没有鼓吹，但是船头上篷窗下总露出些紫云英和杜鹃的花束，这也就是上坟船的确实的证据了。

1924年4月5日载《晨报副刊》

谈油炸鬼

刘廷玑著《在园杂志》卷一有一条云：

东坡云，谪居黄州五年，今日北行，岸上闻骡驮铎声，意亦欣然。铎声何足欣，盖久不闻而今得闻也。昌黎诗，照壁喜见蝎。蝎无可喜，盖久不见而今得见也。予由浙东观察副使奉命引见，渡黄河至王家营，见草棚下挂油炸鬼数枚。制以盐水合面，扭作两股如粗绳，长五六寸，于热油中炸成黄色，味颇佳，俗名油炸鬼。予即于马上取一枚啖之，路人及同行者无不匿笑，意以为如此鞍马仪从而乃自取自啖此物耶。殊不知予离京城赴浙省今十七年矣，一见河北风味不觉狂喜，不能自持，似与韩苏二公之意暗合也。

在园的意思我们可以了解，但说黄河以北才有油炸鬼却并不是事实。江南到处都有，绍兴在东南海滨，市中无不有麻花摊，叫卖麻花烧饼者不绝于道。范寅著《越谚》卷中饮食门云：

麻花，即油炸桧，迄今代远，恨磨业者省工无头脸，名此。

案此言系油炸秦会之，殆是望文生义，至同一癸音而曰鬼曰桧，则由南北语异，绍兴读鬼若举不若癸也。中国近世有馒头，其缘起说亦怪异，与油炸鬼相类，但此只是传说罢了。朝鲜权宁世编《支那四声字典》，第一七五 Kuo 字项下注云：

餜(Kuo)，正音。油餜子，小麦粉和鸡蛋，油煎拉长的点心。油炸餜，同上。但此一语北京人悉读作 Kuei 音，正音则推乡下人用之。

此说甚通，鬼桧二读盖即由餜转出。明王思任著《谑庵文饭小品》卷三《游满井记》中云：

卖饮食者邀诃好火烧，好酒，好大饭，好果子。

所云果子即油餜子，并不是频婆林檎之流，谑庵于此多用土话，邀诃亦即吆喝，作平声读也。

乡间制麻花不曰店而曰摊，盖大抵简陋，只两高凳架木板，于其上和面搓条，傍一炉可烙烧饼，一油锅炸麻花，徒弟用长竹筷翻弄，择春黄熟者夹置铁丝笼中，有客来买时便用竹丝穿了打结递给他。做麻花的手执一小木棍，用以摊赶湿面，却时时空敲木板，滴答有声调，此为麻花摊的一种特色，可以代呼声，告诉人家正在开淘有火热麻花吃也。麻花摊在早晨也兼卖粥，米粒少而汁厚，或谓其加小粉，亦未知真假。平常粥价一碗三文，麻花一股二文，客取麻花折断放碗内，令盛粥其上，如《板桥家书》所说，"双手捧碗缩颈而啜之，霜晨雪早，得此周身俱暖。"代价一共只要五文钱，名曰麻花粥。又有花十二文买一包蒸羊,用鲜荷叶包了拿来,放在热粥底下,略加盐花,别有风味,名曰羊肉粥,然而价增两倍,已不是寻常百姓的吃法了。

麻花摊兼做烧饼,贴炉内烧之,俗称洞里火烧。小时候曾见一种似麻花单股而细,名曰油龙,又以小块面油炸,任其自成奇形,名曰油老鼠,皆小儿食品,价格一文,辛亥年回乡便都已不见了。面条交错作"八结"形者曰巧果,二条缠圆木上如藤蔓,炸熟木自脱去,名曰倭缠。其最简单者两股稍粗,互扭如绳,长约寸许,一文一个,名油馓子。以上各物《越谚》皆失载,孙伯龙著《南通方言疏证》卷四释小食中有馓子一项,注云:

《州志》方言,馓子,油炸环饼也。

又引《丹铅总录》等云寒具今名曰馓子。寒具是什么东西,我从前不大清楚。据《庶物异名疏》云:

林洪《清供》云,寒具捻头也,以糯米粉和面麻油煎成,以糖食。据此乃油腻粘胶之物,故客有食寒具不濯手而污桓玄之书画者。

看这情景岂非是蜜供一类的物事乎?刘禹锡寒具诗乃云:

纤手搓来玉数寻,碧油煎出嫩黄深。

夜来春睡无轻重,压扁佳人缠臂金。

诗并不佳,取其颇能描写出寒具的模样,大抵形如北京西域斋制的奶油镯子,却用油煎一下罢了,至于和靖后人所说外面搽糖的或系另一做法,若是那么粘胶的东西,刘君恐亦未必如此说也。

《和名类聚抄》引古字书云,"糫饼,形如葛藤者也。"则与倭缠颇相像,巧果油馓子又与"结果"及"捻头"近似,盖此皆寒具之一,名字因形而异,前诗所咏只是似环的那一种耳。麻花摊所制各物殆多系寒具之遗,在今日亦是最平民化的食物,因为到处皆有的缘故,不见得会令人引起乡思,我只感慨为什么为著述家所舍弃,那样地不见经传。刘在园范啸风二君之记及油炸鬼真可以说是豪杰之士,我还想费些工夫翻阅近代笔记,看看有没有别的记录,只怕大家太热心于载道,无暇做这"玩物丧志"的勾当也。

[附记] 尤侗著《艮斋续说》卷八云:"东坡云,谪居黄州五年,今日北行,岸上闻骡驮铎声,意亦欣然,盖不闻此声久矣。韩退之诗,照壁喜见蝎,此语真不虚也。予谓二老终是宦情中热,不忘长安之梦,若我久卧江湖,鱼鸟为侣,骡马鞭铎耳所厌闻,何如欸乃一声耶。京邸多蝎,至今谈虎色变,不意退之喜之如此,蝎且不避而况于臭虫乎。"西堂此语别有理解。东坡蜀人何乐北归,退之生于昌黎,喜蝎或有可原,惟此公太热中,故亦令人疑其非是乡情而实由于宦情耳。廿四年十月七日记于北平。

[补记] 张林西著《琐事闲录》正续各两卷,咸丰年刊。续编卷上有关于油炸鬼的一则云:

油炸条面类如寒具,南北各省均食此点心,或呼果子,或呼为油胚，豫省又呼为麻糖，为油馍，即都中之油炸鬼也。鬼字不知当作何字。长晴岩观察臻云，应作桧字，当日秦桧既死，百姓怒不能释，因以面肖形炸而食之，日久其形渐脱，其音渐转，所以名为油炸鬼，语亦近似。

案此种传说各地多有，小时候曾听老妪们说过，今却出于旗员口中觉得更有意思耳。个人的意思则愿作"鬼"字解，稍有奇趣，若有所怨恨乃以面肖形炸而食之，此种民族性殊不足嘉尚也。秦长脚即极恶，总比刘豫张邦昌以及张弘范较胜一筹罢，未闻有人炸吃诸人，何也？我想这骂秦桧的风气是从《说岳》及其戏文里出来的。士大夫论人物，骂秦桧也骂韩侂胄，更是可笑的事，这可见中国读书人之无是非也。民国廿四年十二月廿八日补记。

1935年10月16日载《宇宙风》3期

记盐豆

《乡言解颐》卷三人部食工一篇中，记孙功臣子科烹调之技，有云，"其所作羹汤清而腴，其有味能使之出者乎，所制盐豆数枚可下酒半壶，其无味能使之入者乎。"有味者使之出二语，今瓮斋云出于《随园食单》，所说殊妙，此理亦可通于作文章，古今各派大抵此二法足以尽之矣。但是孙科的盐豆却更令人不能忘记。小时候在故乡酒店常以一文钱买一包鸡肫豆，用细草纸包作纤足状，内有豆可二十枚，乃是黄豆盐煮漉干，软硬得中，自有风味。此未知于孙豆何如，及今思之，似亦非是凡品，其实只是平常的酒店倌所煮者耳。至于下酒，这乃是大小户的问题。尝闻善饮者取花生仁劈为两半，去心，再拈半片咬一口细吃，当可吃三四口，所下去的酒亦不在少数矣。若是下户，则恃食物送酒下咽，有如昔时小儿喝汤药之吮冰糖，那时无论怎样的好盐豆也禁不起吃了。

1938 年 8 月 20 日载《晨报》

臭豆腐

近日百物昂贵，手捏三四百元出门，买不到什么小菜。四百元只够买一块酱豆腐，而豆腐一块也要百元以上，加上盐和香油生吃，既不经吃也不便宜，这时候只有买臭豆腐最是上算了。这只要百元一块，味道颇好，可以杀饭，却又不能多吃，大概半块便可下一顿饭，这不是很经济的么。

这一类的食品在我们的乡下出产很多，豆腐做的是霉豆腐，分红霉豆腐臭霉豆腐两种（棋子霉豆腐附），有霉千张，霉苋菜梗，霉菜头，这些乃是家里自制的。外边改称酱豆腐臭豆腐，这也没什么关系，但本地别有一种臭豆腐，用油炸了吃的，所以在乡下人看来，这名称是有点缠夹的了。更有意思的是，乡下所制干菜，有白菜干油菜干倒督菜之分。外边则统称之为霉干菜，干菜本不霉而称之曰霉，豆腐事实上是霉过的而不称为霉，在乡下人听了是很有点儿别扭的。

豆腐据说是淮南遗制，历史甚长，够得上说是中国文明的特产，现代科学盛称大豆的营养价值，所以这是名实相符的国粹。他的制品又是种类很多，豆腐，油豆腐，豆腐干，豆腐皮，千张，豆腐渣，此外还有豆腐浆和豆面包，做起菜来各具风味，并不单调，如用豆腐店的出品做成十碗菜，一定是比沙锅居的全猪席要好得多的。中国人民所吃的小菜，一半是白菜萝卜，一半是豆腐制品，淮南的流泽实是在孔长了。

还有一件事想起来也很好玩的，便是西洋人永不会得吃豆腐，我们想象用了豆腐干油豆腐去做大菜，能够做出什么东西来，巴黎的豆腐公司之失败，也就是一个证明了。

1949年12月26日载《亦报》

味之素

据说袁子才有过两句关于做菜的格言，叫做无味者使之入，有味者使之出，这的确是老厨师的经验之谈，虽然我曾经翻过《随园食单》，却没有找到。有味者使之出，不过是各尽所能，还是平常，惟独无味者使之入，那便没有不好吃的菜，可以说是尽了治庖的能事了。无味者的代表是鱼翅，其次是冬瓜吧，使之入便是用汤汁帮助，鸡汤火腿汤以至肉骨头汤都是，据说预备这些汤在大司务是不惜工本，也煞费苦心的。近四十年来味之素上了市场，一方面给予家庭主妇与旅客以不少便利，一方面也使得大饭馆渐趋于堕落，因为有了这个，无味者使之入不是难事，更不要什么作料与手段了。十多年前有过一件笑话，日本的御厨房派人到北京来调查，到东兴楼学习，研究锅贴豆腐的做法，可是回去试做，却没有那么好吃，心想一定是什么秘诀不肯传授，备了重贿再去请教，回答说，你没有搁一点味之素么？家庭或旅行中只有粗菜，夏天胃口不好，用上一小勺,便是一碗高汤也可以吃得很香,它的用处就在这里,若是东坡肉锅烧鸭都加上这个,反使有味者失了本色,有如把水粉厚厚的涂脸,只是一片白壁,更看不出美人的花容了。听说有些有名饭馆是不用味之素一类的东西的,却不知是哪几家,大概总是有的吧。

1950年8月11日载《亦报》

吃豆腐

好几年前在上海,才听到吃豆腐这句话,在北京是一直没有听见过的。我们的乡下别有一句吃大豆腐,那是指办丧事时的素菜,所以是死的替代词。不管这些俗语的含义如何,豆腐这东西实在是很好吃的。就乡下的经验来说,豆腐顶好是炖豆腐,丧事时的大豆腐其实也即是这个,不过平时不那么叫,只是直称炖豆腐而已。

光绪年间,有近亲在大寺里打水陆道场,我去看了几天,别的多忘了,只记得有一天看和尚吃午饭,长板桌长板凳,排坐着许多和尚,合掌在念经,各人面前放着一大碗饭,一大碗萝卜炖豆腐,看去觉得十分好吃的。这是我对于豆腐一个不能忘记的印象,虽然家里做的原来也是一样的好吃,将豆腐先煮一过,加上笋干香菇,透味炖成,风味甚佳,有些老太太能吃长素,我颇疑心大半是因为有这一碗菜,而霉货与干菜也是一半的原因。

此外有溜豆腐,这里我姑且用溜黄菜的溜字,与醋溜鱼意义很不相同，此字应当从手从柳声才行，可惜没法子写。制法是把豆腐放入小钵头内，用竹筷六七只并作一起用力溜之，即是拿筷子急速画圈，等豆腐全化了，研盐种为末加入，在饭锅上蒸熟。盐种或称盐奶，云是烧盐时泡沫结成，后来不知何故其不易得，或以竹叶包盐火烧代用，却不很佳，这与盐不同，微有涩味，即其特色。溜豆腐新成者也可以吃，但以老为佳，多蒸几回其味更加厚。即此一点亦甚适于穷人之用，价廉味美，往往一大碗可以吃上好几天，早晚有这些在桌上，正如东坡所说，亦何必要吃鸡豚也。

1949 年 12 月 30 日载《亦报》

藕的吃法

报上说到玄武湖的莲花的用处，题曰《冬天吃藕》，有云："藕可做丸子，炒藕丝，切了块烧在粥饭中。"藕在果品中间的确是一种很特别的东西，巧对故事里的一弯西子臂，七窍比干心，虽似试帖诗的样子，实在是很能说出它的特别地方来。当作水果吃时，即使是很嫩的花红藕，我也不大佩服，还是熟吃觉得好。其一是藕粥与蒸藕，用糯米煮粥，加入藕去，同时也制成蒸藕了，因为藕有天然的空窍，中间也装好了糯米去，切成片时很是好看。其二是藕脯，实在只是糖煮藕罢了，把藕切为大小适宜的块，同红枣、白果煮熟，加入红糖，这藕与汤都很好吃，乡下过年祭祖时，必有此一品，为小儿辈所欢迎，还在鲞冻肉之上。其三是藕粉，全国通行，无须赘说。三者之中，藕脯纯是家常吃食，做法简单，也最实惠耐吃。藕粥在市面上只一个时候有卖，风味很好，却又是很普通的东西，从前只要几文钱就可吃一大碗，与荤粥、豆腐浆相差不远。藕粉我却不喜欢，吃时费事自是一个原因，此外则嫌它薄的不过瘾，厚了又不好吃，可以说是近于鸡肋吧。

1951年3月6日载《亦报》

腌鱼腊肉

腌鱼腊肉是很好吃的东西,特别我们乡下人是十分珍重的。这里边自然也有珍品,有如火腿家乡肉之类,但大抵还以自制的为多,如酱鸭风鸡,糟鹅糟肉,在物力不很艰难的时光,大抵也比制备腌菜干菜差不了多少,因为家禽与白菜都可能自备,只有猪肉须得从店铺里去买来。上边所说的腊味大都是冬季的制品,其用处在新年新岁,市场休息,买办不便的时候,可以供应给客人,也可自吃,与鲞冻肉有同样的功用。至于腌鱼,除青鱼干(但亦干而非腌)外多是店里的东西,我们在乡下所见的大概都来自宁波,其种类似乎要比在上海为多,南货店的物品差不多以此为一大宗,成斤成捆的卖出去,不比山珍海错,一年难得销出多少,所以称他为咸鲞店也实在名符其实。富人每日烹鲜击肥,一般人没有这份儿,咬腌鱼过日子,也是一种食贫,只是因为占了海滨的光,比吃素好一点儿,但是缺少维他命,所以实际上还是吃盐味而已,这里须要菜蔬来补他一下，可是恰巧这一方面又是腌菜为主，未免是一个缺点。惟一的救星只有豆腐，这总是到处都有，谁都吃得起的，一块咸鱼，一碗大蒜(叶)煎豆腐，不算什么好东西，却也已够好，在现今可以说是穷措大的盛馔了。

1950年2月23日载《亦报》

瓠子汤

夏天吃饭有一碗瓠子汤,倒是很素净而也鲜美可口的。在我们乡下这是本末如一的长条的瓜,俗语叫做蒲子,谚语有云,冬瓜咬不着来咬蒲子,这是说迁怒,也含有欺善怕恶的意思。有一种圆形的,即是所谓瓠瓜,肉也可以吃,老了锯开取壳做瓢用,北方很多,在乡下却不曾见过。还有葫芦,即是铁拐李等人所拿的,叫做活卢蒲,嫩时可吃,与蒲子差不多,仿佛还要好一点。这在仙人手里常发毫光(也就只在图画上看见是那么样),大抵因为里边盛着仙丹之类的缘故,若是凡人有如看守草料场的老军却只用以装酒,山乡的人买麻油酱油多用长竹筒,想来即是同一道理,因为他不容易洒出来罢了。我吃过的活卢蒲也只是放汤,虽然据说还有别的吃法,如旧书所记,唐郑馀庆召客会食,令左右告诉厨子,烂蒸去毛,莫拗折项,诸人相顾以为蒸鹅鸭之类,良久就餐,每人前下蒸葫芦一枚。葫芦与瓠子的汤都是很简单的,只是去皮切片,同笋干等物煮了加酱油而已，虽然瓠子也有红烧的，却似乎清味要稍减了。每年在夏至那天照例要吃蒲丝饼，用瓠子切丝煮熟，加面粉白糖和匀，入油中煎之，每片约如手掌大，是祭祖供品之一。小时候很喜欢吃，同中元的南瓜饼一样，可是蒲丝的味道也吃不出，只是一种油炸的甜食罢了。

1950年7月8日载《亦报》

进京香糕

齐公在《亦文章》中报告香糕无恙，这是一个好消息，像香糕这种乡土风物的传统得以保存，可以想见一般工商业之并不衰落了。我离去故乡很久，其年数已与齐公高龄一样，可是对于香糕的感情还是很好，大抵可与麻糍并列吧。香糕本来是很简单的东西，可是制造甚难，这里工料是很重要的问题，两者之中小不合式，就做不到那么细腻香脆了。茶食店中有近似的一类，如琴糕、八珍糕、鸡骨头糕干（是哄小孩的很好的食品，比百子糕还要经济）、咸糕干等，却没有那黄而松的香糕，我想就是故意回避，因为那种专门出品别人是不易模仿的。清明时节山头松树开花了，那时的松花香糕有一种特别的清香，非常好吃，但就是平常的那种也很不错，它自有别的茶食所无的淡远的风味，或者可以说是代表和平的乡村的空气的吧。从前有人装了竹篓带到外边去，所以招牌上写道进京香糕，南货担子上也常有带卖的，虽然货色并不怎么道地，近来箄篓担已看不见，这也早已绝迹了。北京有杨村糕干，是京津路上的名物，一间门面的店铺专做这一门货物，其实只是琴糕之流，却也站得住脚，照这情形看来，北京的"香糕知音"很可能会多有，假如他们有机会尝到孟大茂的出品。现在国内统一，经济复活，各地的土产名物，渐次流通，香糕之再进京当不是不可能的事吧。

1950年7月15日载《亦报》

天下第一的豆腐

豆腐,这倒真可以算是天下第一,不但中国发明最早,至今外国还是没有,而且将来恐怕也是不会有的。在日本有豆腐,这是由中国传过去的,主要还是因为用筷子吃饭,所以传得进去,若是西洋各国便没法吃,大概除了杏仁豆腐(其实却并不是豆腐)外,我想无论怎样高手的大司务做不好一样豆腐的西菜来吧。在中国这是那么普遍,它制成各种的花样,可以做出各种的肴馔,我们只说乡下的豆腐的几样吃法。第一是炖豆腐,豆腐煮过,漉去水,入沙锅加香菰笋酱油麻油久炖,是老式家庭菜,其味却极佳,有地方称为大豆腐,我们乡下则忌讳此语,因为人死时亲戚赴斋,才叫吃大豆腐。芋艿切丝或片,放碗上,与豆腐分别在饭镬上蒸熟,随后拌和加酱油,惟北方芋头不粘滑,照样做了味道不能很好。豆腐切片油煎,加青蒜,叶及茎都要,一并烧熟,名为大蒜煎豆腐,我不喜蒜头,但这碗里的大蒜却是吃得很香,而且屡吃不厌。这些都是乡下菜,材料不贵,做法简单,味道又质朴清爽,可以代表老百姓的作风。发明豆腐的是了不得,但想到做霉豆腐的人我也不能不佩服,家里做虽然稍为麻烦,可是做出来特别好吃,与店里的是大不相同的。

1951 年 4 月 13 日载《亦报》

吃青椒

五味之中只有辣并非必要，可是我所最喜欢的却正是辣。生物的身体里本来自有咸酸苦甜各味，只须吸收原料，自能制造，人类因为文化的习惯，最简单的生活也还得需要咸味。其他也可以从略了。五味学习的次序以甜为第一，次为咸酸，苦又在其次，至今用处还不大，芦芽微苦还可以吃，苦瓜便不普遍，虽然称作锦荔枝，小孩吃里边的红瓤，倒是常有的事，若是金鸡纳霜炖肉，到底没有人要请教了。至于辣火，这名字多么惊人，也实在能够表示出它的德性来，火一般的烧灼你一下，不惯的人觉得这味觉真是已经进了痛的区域了。而且辣的花样也很繁多，容易辨得出来，不像别的那么简单，例如生姜辣得和平，青椒（乡下称为辣茄）很凶猛，胡椒芥末往鼻子里去，青椒则冲向喉咙，而且辣得顽固，不是一会儿就过去，却尽在那里辣着，辣火的嘉名原该是它所独占的。我的辣量本也平常，但是我却爱它，当它作辣味的代表。胡椒芥末咖喱粉之流都是调味料，不能单吃，生姜也只有糖姜干湿两样以及酱油浸的，可以整块的吃，还是单调，青椒的用处就大了。辣酱、辣子鸡、青椒炒肉丝，固然也好，我却喜欢以青椒为主体的，乡下用肉片豆腐干片炒整个小青椒是其一，又一种是在南京学堂时常吃的腌红青椒入麻油，以长方的侉饼蘸吃，实是珍味，至今不曾忘记，但北京似没有那么厚实的红辣茄，想起来真真可惜也。

1950年5月16日载《亦报》

罗汉豆

豆类里边我觉得罗汉豆最有意思，这在别处都叫做蚕豆，只有我们乡下称为罗汉豆，也不知道是什么缘故。我喜欢它因为吃的花样很多，虽然十九都是"淡口吃"，用作小菜倒是用途极少，我只知道炒什锦豆，剥豆肉蒸熟加麻酱油拌吃，以及与干菜蒸汤而已。剥半老的肉油炸为玉兰豆，或带皮切开上半，油炸后夌张反卷，称兰花豆，可以下酒，但顶好的还要算是普通的煮豆，取不老不嫩的豆煮熟加盐花，色绿味鲜，饱吃不厌，与秋天的煮大菱同样的可喜，而风味不同。炒豆有几种，佳者曰沙沙豆，豆浸水中一二日，和沙同炒，悉爆开甚松脆，多家中自制，店头所有者只是所谓铁蚕豆，坚如铁石。有一种大而扁平，俗名牛踏瘪，不甚硬而味较劣。塔山下卖炒芽豆甚有名，看似平常，却甘甜有味，大概重在芽出的程度，不关炒法也。普通芽豆煮食亦佳，但大抵供餐，空口吃的不大多。

小孩多以豆制为玩具，取嫩豆一粒，四周穿小孔，以豆蒂插入为四足及尾,再以极小之豆为头,即成一乌龟。又或取大粒,于一面以指甲掏成空钱纹,再将其一端切开,取出豆肉,便是一好果盒,可供半日玩弄,一干就不行了。还有利用豆荚的,取单节的豆,别选荚两半作翅膀插两旁,用线穿背上挂起来,说是燕子,荚的尖正像鸟嘴,想的很是巧妙。别的玩法大概还有,却是记不得了。

1950 年 7 月 25 日载《亦报》

咬菜根

古人有一句话："咬得菜根，则百事可做。"这话很有名，也实在有理，别无什么问题。我这里所要说的，只是这菜根是些什么。照字面上说来，那自然是菜的根，我们在乡下有白菜的白菜头，芥菜有芥菜头，油菜是没有的，这可以鲜的煮了吃，也可以霉，更有滋味。但是这些单是一时的东西，不能长久的吃，至多可以搁上五七天罢了，所以经常所咬的菜根，应当还有别的物事，推想起来，大概是白菜类的萝卜和芥菜类的蔓菁吧？（这里所谓类，虽然根据李时珍，却是外行人的看法，不可以植物学相绳。）这些的根是大可以吃得的，尤其腌了久藏不坏，它的用处实在很大。萝卜的盐制品我是百吃不厌的。这自然有条件，要我的牙齿还好的时候。南京于萝卜头之外有萝卜鲞，我尤其喜欢，虽然前清时在学校里咬了五六年，可是感情还是不恶。后来得见福州的黄土萝卜，也是极好，只可惜远在华南不可常得。蔓菁的根乡下叫做芥辣头，南货店中供给五香酱制的黑色的一种，但北方还有一种盐渍白色的，名曰水疙瘩，黑色的则名曰酱疙瘩，以个人的经验来说，水疙瘩更为有味，大抵用盐的肴馔总比酱油好吃。这之外假如再能有酱生姜、醋浸蒜头这些别一类的东西搭配，那么这菜根席已很丰满，我相信大家都可以咬得来吧？

1950 年 1 月 26 日载《大报》

藕与莲花

有友人从山西回来,说那里少水而多藕,称之曰莲菜,这与菜根的名称似乎相像,可是规定为菜,这意思便是特别的了。其实藕的用处由我说来十九是在当水果吃,其一,乡下的切片生吃;其二,北京的配小菱角冰镇;其三,薄片糖醋拌;其四,煮藕粥藕脯,已近于点心,但总是甜的,也觉得相宜,似乎是它的本色。虽然有些地方做藕饼,仿佛是素的溜丸子之属,当作菜吃,未尝不别有风味,却是没有多少别的吃法,以菜论总是很有缺点的。榨汁取粉,西湖藕粉是颇有名的,这差不多有不文律规定只宜甜吃。想来藕的本性与荸荠很有点相近,可以与甘蔗老头同煮,可以做糕,可以取粉,可以切片加入荤菜,如炒四宝内是一根台柱子,但压根儿还是水果,你没法子把它改变过来。莲子最好是简单的煮了吃,其次是裹粽子,或加在八宝饭腊八粥里,荷叶用于粉蒸肉,花瓣可以窨酒,圆明园左近海甸镇出有莲花白酒,本来就有荷花香的,今年售一万九千元一瓶,可是只有药气息,虽然甜倒是很甜的。莲花与桂花在植物中确是怪物,同样的很香,而一个开花那么大,一个又那么小。可惜在中国桂花为举人们所独占,莲花则自宋朝以来归了湖南周家所有,但看那篇《爱莲说》,说的全是空话,是道家譬喻的一套,看来他老先生的爱也是有点靠不住的了。

1950 年 8 月 6 日载《亦报》

真说凉菜

前几天报上登出一篇拙文,题曰《凉菜》,我自己疑惑这是什么时候写的呢,看到第二段才知道原来是凉药之误,但因此得到了一个题目,也是很可喜的。中国饮食都讲用热的,这一点与吃番菜正是相反,鱼翅海参这些海错,冷吃不免腥韧,红烧清炖的菜以及羹汤,也都不宜于冷吃,大势所趋原是如此。但是凉菜亦不是没有,而且各有其特色,凡是能喝三杯的人当无不欢迎,虽然真能喝酒的人并不计较下酒的菜。中国酒也热吃,不但是所谓黄酒,便是白酒也是一样,这也是世界无比的,说也奇怪,葡萄酒、啤酒、白兰地烫热了真是不好吃,惯吃热酒的中国人,所以也只好从众。但是菜无论怎么热都不妨,酒则便有个程度,据说"太热则酒伤,不堪入口,饮之且损肺矣"。《平蝶园酒话》亦云:尝见人先将酒置沸汤中,然后入厨定菜,比菜至酒已百沸,主人引壶觞而酌曰,趁热吃一杯,真大冤苦。平君好说诙谐话,但这里所说却是很中肯的,前人做不撤姜食的八股文有云:神明不可不通,而亦不可太通,其此之谓欤。

1950 年 11 月 29 日载《亦报》

第三輯

萝卜与白薯

中国人吃的菜蔬的种类,在世界上大概可以算是最多的了,历史长固然是一个原因,但古人所吃的有许多东西,如蘋藻薇蕨,现今小菜场上都已不见,而古无今有的另外添进去了不少,大抵重要的原因还是在于中国的烹调法的特殊,各式的植物茎叶他都可以煮了放在碗里,用筷子夹了吃,这用的西洋料理上往往是没办法办的。这些菜蔬中间,我觉得顶有意思的是萝卜与白薯。这两样东西都是大块头,不但是吃起来便利,而且也实在有用场。明人王象晋称萝卜可生可熟,可菹可齑,可酱可豉,可醋可糖,可腊,乃蔬之最有益者。徐玄扈说甘薯有十二胜,话太长了,简约起来可以说是易种,多收,味甘,生熟可食,可干藏,可酿酒。具体地说,我最爱的和尚吃的那种大块萝卜炖豆腐,其次是乡间戏台下的萝卜丝饼以及南京腌萝卜鲞,至于白薯自然煮的烤的都好,但是我记得那玉米面糊里加红番薯,那是台州老百姓通年吃了借以活命的东西,小时候跟了台州的女佣人吃过多少回，觉得至今不能忘却。希望将来人人可以吃到猪排牛排和白面包，自然是很好，我们要去努力，可是在这时候能吃苦也极重要，我想假使天天能够吃饱玉米面和白薯，加上萝卜鲞几片，已经很可满足，而一天里所要做的事只是看看书，把思想搞通点，写篇小文章，反省一下，觉得真如东坡在临皋亭所说，惭愧惭愧。

1950年1月20日载《亦报》

萝卜与白薯

山里红

冬天在北京街上多看见卖糖葫芦的,此物又甜又酸,老小都爱吃,我们乡下叫做糖山球,山者盖系山楂之省略,平常称为红果,北方云山里红,但蜜饯中有炒红果之名,可知这个名称也是有的。乡下的只是山楂一样,北京则花样繁多,据《一岁货声》中"糖葫芦车子"一条下所说,共有十余种之多,其中如扁熟山里红,生山里红,又夹澄沙胡桃仁,白海棠生熟二种,红海棠,葡萄,山药,山药豆,荸荠,桔子,黑枣等,尚多有之,若梨糕奶油馓块,乃是光绪年间物事,早已不见了。这里种类虽多,其实顶好的还只是生山里红这一种,别的似乎都是勉强搭配,不那么吃也可以,而且就是山里红,熟的也不大好,中嵌豆沙和核桃仁那不免是多余的,且不说奢侈也罢,因为这里只要红果的酸,加上冰糖的甜,这就够了,好的就在他的简单。我想糖葫芦应当以生山里红为正宗,别的模拟品没有什么意思,自然就归于淘汰。不过此刻物价涨了,小朋友或者不容易吃得到，但是与假水果糖相比大概不见得更贵吧。中国向来说山楂可以消食，对于小孩吃糖山球以及山里果子不加禁阻，这原来是很好的事。此外有山楂糕也是用红果所制，更为精美了，但因此也就更贵，往往搁在稻草村等处的玻璃柜内，与玉带糕等同一待遇，不复是昔时水果摊糖担中之物了。说说这些土货，并无怀旧之意，只觉得也大可吃得，而且比新糖果更有点真味，可以谓是一种可取的地方吧。

1950年1月26日载《亦报》

杨梅与笋

清末旗人遐龄所著《醉梦录》中有"莫疯子"一条,记述吾乡的一个怪人云,"莫切崖,元英,行七,浙江山阴县人也,其人古貌古心,不修边幅,见人辄跪拜不已,虽仆役亦然,以此人皆以莫疯子呼之。然其学问渊博,凡医卜星相堪舆之术,以及诗古文词,无不通晓,尤精于医,多不循古方,寓京师已三十余年矣。诗不多作,曾记其二语云,'五月杨梅三月笋,为何人不住山阴。'其不克还乡之苦况已露于言表。"久居燕山,而不忘杨梅与笋,此意甚可了解,我亦素有此感。近时北方虽有笋来,而终无鞭笋及猫笋,杨梅只可与桑葚相比耳。《嘉泰会稽志》杨梅条下云,"又以雀眼竹笞盛贮为遗,道路相望不绝,识者以为唐人所称荔枝筐,不过如此。"一定要说杨梅比得过荔枝,那也未必,但这的确是一种特别的果子,生食固佳,浸烧酒中半日,啖之亦自有风味,浸久则味在酒中,即普通所谓杨梅烧,乃是酒而非果矣。

吾乡烧酒其强烈自逊于北方的白干，却别有香气，尝得茅台酒饮之，其气味亦相似，想亦宜于浸杨梅，若白干则未必可用，此盖有似燕赵勇士，力气有余而少韵致耳。蜜饯店制为杨梅脯，乃是木乃伊，干荔枝已是萎缩可怜，也还不至于此，即使想吃杨梅如大烟瘾发，呵欠频作，脯仍不吃可也。莫元英的事他无可考，此人盖是玩世不恭者流，其号曰切崖，即是自称七爷，此亦其一证也。

1950 年 6 月 9 日载《亦报》

汤料

中国从前旅行的人因为交通不便，很费时日，所以准备行装很要费点心思，一个人的行李总有十件八件之多，差不多除厨房用具外什么都带着走。自然也有例外，如张宗子记他族祖瑞阳，取妻仅存的银扣换得银三钱余，拿了一半，走到杭州北关门买一纤搭，应粮船募为纤夫，数月抵京师，此有合于"如有便船旱道而归"的笑话，不愧为《五异人传》的一人。常人自然不能如此，普通读书人所携上自皮帽盒，下至夜壶箱，件数便很不少，其中必定有一只网篮，是专装伙食的，乡下有个专名叫做路菜，讲究的有火腿腊鸡，比较简素的是汤料，我至今还觉得这很不差。材料用的很多，大概是香菇、虾米、京冬菜、竹笋小枝俗名"麻鸟脚"的（鸟读作刁，上声），用好酱油煮透烘干，随时冲汤，也可干吃。长途行旅中，坐在船内，或是落客栈，冲一碗来吃，似乎很是必要的，客中供应不但粗劣，或者还有缺乏亦未可知。这种汤料现时大抵没有人用的，但偶见上海制售的干菜笋干，牙粉似的装在纸口袋里，仿佛有此意，只是内中材料种类较少罢了。

1950年12月20日载《亦报》

卖糖

崔晓林著《念堂诗话》卷二中有一则云："《日知录》谓古卖糖者吹箫，今鸣金。予考徐青长诗，敲锣卖夜糖，是明时卖饧鸣金之明证也。"案此五字见《徐文长集》卷四，所云青长当是青藤或文长之误。原诗题曰《昙阳》，凡十首，其五云：

何事移天竺，居然在太仓。

善哉听白佛，梦已熟黄粱。

托钵求朝饭，敲锣卖夜糖。

所咏当系王锡爵女事，但语颇有费解处，不佞亦只能取其末句，作为夜糖之一佐证而已。查范啸风著《越谚》卷中饮食类中，不见夜糖一语，即梨膏糖亦无，不禁大为失望。绍兴如无夜糖，不知小人们当更如何寂寞，盖此与炙糕二者实是儿童的恩物，无论野孩子与大家子弟都是不可缺少者也。夜糖的名义不可解，其实只是圆形的硬糖，平常亦称圆眼糖，因形似龙眼故，亦有尖角者，则称曰粽子糖，共有红白黄三色，每粒价一钱，若至大路口糖色店去买，每十粒只七八文即可，但此是三十年前价目，现今想必已大有更变了。梨膏糖每块须四文，寻常小孩多不敢问津，此外还有一钱可买者有茄脯与梅饼。以砂糖煮茄子，略晾干，原以斤两计，卖糖人切为适当的长条，而不能无大小，小儿多较量择取之，是为茄脯。梅饼者，黄梅与甘草同煮，连核捣烂，范为饼如新铸一分铜币大，吮食之别有风味，可与青盐梅竞爽也。卖糖者大率用担，但非是肩挑，实只一筐，俗名桥篮，上列木匣，分格盛糖，盖以玻璃，有木驾交叉如交椅，置篮其上，以待顾客，行则叠架夹胁下，左臂操筐，俗语曰桥。虚左手持一小锣，右手执木片如笏状，击之声镗镗然，此即卖糖之信号也，小儿闻之惊心动魄，殆不下于货郎之惊闺与唤娇娘焉。此锣却又与它锣不同，直径不及一尺，窄边，不系索，击时以一指抵边之内缘，与铜锣之提索及用锣槌者迥异，民间称之曰镗锣，第一字读如国音汤去声，盖形容其声如此。虽然亦是金属无疑，但小说上常见鸣金收军，则与此又截不相像，顾亭林云卖饧者今鸣金，原不能说错，若云笼统殆不能免，此则由于用古文之故，或者也不好单与顾君为难耳。

卖糕者多在下午，竹笼中生火，上置熬盘，红糖和米粉为糕，切片炙之，每片一文，亦有麻糍，大呼曰麻糍荷炙糕。荷者语助词，如萧老老公之荷荷，惟越语更带喉音，为他处所无。早上别有卖印糕者，糕上有红色吉利语，此外如蔡糖糕，茯苓糕，桂花年糕等亦具备，呼声则仅云卖糕荷，其用处似在供大人们做早点心吃，与炙糕之为小孩食品者又异。此种糕点来北京后便不能遇见，盖南方重米食，糕类以米粉为主，北方则几乎无一不面，情形自大不相同也。

小时候吃的东西，味道不必甚佳，过后思量每多佳趣，往往不能忘记。不佞之记得糖与糕，亦正由此耳。昔年读日本原公道著《先哲丛谈》，卷三有讲朱舜水的几节，其一云：

"舜水归化历年所，能和语，然及其病革也，遂复乡语，则侍人不能了解。"（原本汉文），不佞读之怆然有感。舜水所语盖是余姚话也。不佞虽是隔县当了知，其意亦惟不佞可解。余姚亦当有夜糖与炙糕，惜舜水不曾说及，岂以说了也无人懂之故欤。但是我又记起《陶庵梦忆》来，其中亦不谈及，则更可惜矣。廿七年二月廿五日漫记于北平知堂。

［附记］《越谚》不记糖色，而糕类则稍有叙述，如印糕下注云，"米粉为方形，上印彩粉文字，配馒头送喜寿礼。"又麻糍下云，"糯粉，馅乌豆沙，如饼，炙食，担卖，多吃能杀人。"末五字近于赘，盖昔曾有人赌吃麻糍，因以致死，范君遂书之以为戒，其实本不限于麻糍一物，即鸡骨头糕干如多吃亦有害也。看一地方的生活特色，食品很是重要，不但是日常饭粥，即点心以至闲食，亦均有意义，只可惜少有人注意，本乡文人以为琐屑不足道，外路人又多轻

饮食而着眼于男女，往往闹出《闲话扬州》似的事件，其实男女之事大同小异，不值得那么用力，倒还不如各种吃食尽有滋味，大可谈谈也。廿八日又记。

1938 年 9 月 1 日载《宇宙风》74 期

炒栗子

日前偶读陆祁孙的《合肥学舍札记》，卷一有《都门旧句》一则云：

住在都门得句云，栗香前市火，菊影故园霜。卖炒栗时人家方莳菊，往来花担不绝，自谓写景物如画。后见蔡浣霞銮扬诗，亦有栗香前市火，杉影后门钟之句，未知孰胜。

将北京的炒栗子做进诗里去，倒是颇有趣味的事。我想芋婴居士文昭诗中常咏市井景物，当必有好些材料，可惜《紫幢轩集》没有买到，所有的虽然是有"堂堂堂"藏印的书，可是只得《画屏斋稿》等三种，在《艾集》下卷找到《时果》三章，其二是栗云：

风戾可充冬，食新先用炒。

手剥下夜茶，钉盘妃红枣。

北路虽上香，不如东路好。

居士毕竟是不凡，这首诗写得很有风趣，非寻常咏物诗之比，我很觉得喜欢,虽然自己知道诗是我所不大懂的。说到炒栗,自然第一联想到的是放翁的笔记,但是我又记起清朝还有些人说过,便就近先从赵云松的《陔馀丛考》查起,在卷三十三里找到《京师炒栗》一条,其文云:

今京师炒栗最佳,四方皆不能及。按宋人小说,汴京李和炒栗名闻四方,绍兴中陈长卿及钱恺使金,至燕山,忽有人持炒栗十枚来献,自白曰,汴京李和儿也,挥涕而去。盖金破汴后流转于燕,仍以炒栗世其业耳,然则今京师炒栗是其遗法耶。

这里所说似乎有点不大可靠,如炒栗十枚便太少,不像是实有的事。其次在郝兰皋的《晒书堂笔录》卷四有《炒栗》一则云:

栗生啖之益人,而新者微觉寡味,干取食之则味佳矣,苏子由服栗法亦是取其极干者耳。然市肆皆传炒栗法。余幼时自塾晚归,闻街头唤炒栗声,舌本流津,买之盈袖,恣意咀嚼,其栗殊小而壳薄,中实充满,炒用糖膏则壳极柔脆,手微剥之,壳肉易离而皮膜不粘,意甚快也。及来京师,见市肆门外置柴锅,一人向火,一人坐高凳子上,操长柄铁勺频搅之令匀遍。其栗稍大,而炒制之法,和以濡糖,藉以粗沙亦如余幼时所见,而甜美过之,都市炫鬻,相染成风,盘飣间称佳味矣。偶读《老学庵笔记》二,言故都李和炒栗名闻四方,他人百计效之,终不可及。绍兴中陈福公及钱上阁出使虏庭,至燕山忽有两人持炒栗各十裹来献,三节人亦人得一裹,自赞曰李和儿也,挥涕而去。惜其法竟不传,放翁虽著记而不能究言其详也。

所谓宋人小说,盖即是《老学庵笔记》,十枚亦可行是十裹之误。郝君的是有情趣的人,学者而兼有诗人的意味,故所记特别有意思,如写炒栗之特色,炒时的情况,均简明可喜,《晒书堂集》中可取处甚多,此其一例耳。糖炒栗子法在中国殆已普遍,李和家想必特别佳妙,赵君以为京师市肆传其遗法恐未必然。绍兴亦有此种炒栗,平常系水果店兼营,与北京之多由乾果铺制售者不同。案孟元老著《东京梦华录》卷八,《立秋》项下说及李和云:

"鸡头上市,则梁门里李和家最盛。士庶买之,一裹十文,用小新荷叶包,糁以麝香,红小索儿系之。卖者虽多,不及李和一色拣银皮子嫩者货之。"李李村著《汴宋竹枝词》百首,曾咏其事云:

明珠的的价难酬,昨夜南风黄嘴浮。

似向胸前解罗被,碧荷叶裹嫩鸡头。

这样看来,那么李和家原来岂不也就是一爿鲜果铺么?放翁的笔记原文已见前引《晒书堂笔录》中,兹不再抄。三年前的冬天偶食炒栗,记起放翁来,陆续写二绝句,致其怀念,时已近岁除矣,其词云:

燕山柳色太凄迷,话到家园一泪垂。

长向行人供炒栗,伤心最是李和儿。

家祭年年终是虚,乃翁心愿竟何如。

故园未毁不归去,怕出偏门过鲁墟。

先祖母孙太君家在偏门外,与快阁比邻,蒋太君家鲁墟,即放翁诗所云轻帆过鲁墟者是也。案《嘉泰会稽志》卷十七草部,荷下有云:

"出偏门至三山多白莲,出三江门至梅山多红莲。夏夜香风率一二十里不绝,非尘境也,而游者多以昼,故不昼知。"出偏门至三山,不佞儿时往鲁墟去,正是走这条道,但未曾见过莲花,盖田中只是稻,水中亦惟有大菱茭白,即鸡头子也少有人种植。近来更有二十年以上不曾看见,不知是什么形状矣。廿九年三月二十日。

1940年6月1日载《中和月刊》1卷6期

炙糕担

往昔幼小时,吾爱炙糕担。
夕阳下长街,门外闻呼唤。
竹笼架熬盘,瓦钵炽白炭。
上炙黄米糕,一钱买一片。
麻糍值四文,豆沙裹作馅。
年糕如水晶,上有桂花糁。
品物虽不多,大抵甜且暖。
儿童围作圈,探囊竞买啖。
亦有贫家儿,衔指倚门看。
所缺一文钱,无奈英雄汉。

糍粑中裹馅,名为麻糍。

1946 年作,未刊稿

松花粉

《蕉轩摭录》卷十二松花条下云,"吾乡每于春服既成后,入山采松花作粉,色黄味甘,咽之他物无其美也。"案《越谚》卷中饮食部中有松花粉,注云,"山松春花,黄细如粉,樵采,入面粉,清香仙家味。"松花粉平常多和入米粉中为糕干,名曰松花糕干,又糕店作小麻糍如鸡子大,中裹糖馅,外涂松花,名曰松花小鸡,小儿甚喜食之。民家则用以和糯米粉,搓成小团,汤瀹加糖,味最香滑,俗称松花团团,读若土圆切,盖是无馅的汤团,其名字或者亦即从此转出也。其只就长条摘成小块,不搓圆者,名曰毛脚团团。陈年松花粉夏日以扑小儿身体,治痱子颇良,比天花粉为佳,但不易得耳。

1944 年 5 月载《书房一角》

豆沙

我们年年吃月饼,和其他有馅的点心,吃惯了豆沙,不觉得怎么特别,其实这是中国所特有的,日本等处也有,乃是从中国传去,所以根本还是一样。据考证家说,《说文》中有豆上兜字的一个字,注云豆饴,即是后代的豆沙。汉朝已有蔗浆,豆沙很有可能,虽然白糖的制造还一直在后。顾雪亭的《土风录》里说,饼饵馅以赤豆末红糖炒之曰豆沙,见范石湖《祭灶诗》,豆沙甘松粉饵圆。这里石湖所说即是澄沙汤团,普通只是赤豆馅,但用芸豆等做便是白的,广东月饼里有豆蓉,大概是广州话吧,别处似乎没有适当名称,不妨拿来应用。在西洋点心中便不见有这一类的东西,他们常用的是酪与可可糖,与中国正是别一路道,表明两方的系统一是农业一是牲畜的。可可非西方所固有,乃是帝国主义的产物,十六世纪中西班牙侵占墨西哥,从土人手里抢得了可可豆,这才知道饮用这物事,传至今日,还只有热带地方出产，假如白人不事剥削这些土人，便吃不到了。可可糖味道虽甜，可是它的历史是很苦的，这与豆沙对比起来，岂不是很有意义的事情么？

1951年2月1日载《亦报》

甘蔗荸荠

　　一定要说水果也是家乡的好,这似乎可以不必,而且事实上未必如此,所以无须这么说,可是仔细想起来,却实在并不假,那么为什么不可以说呢。若是问绍兴有什么好水果?其实也说不出来,不过那里水果多而且质朴,换句话说就是平民的,与北京相比,这很容易明白。北京水果除杏子桃子柿子外,梨与苹果,香蕉柑橘,差不多都是贵重品,如要买一蒲包送人往往所费不赀。乡下便不一样,所谓贵有贵供,贱有贱鬻,鸭梨有用纸包的,与广柑文旦同请上座,但不很值钱的还多得很,一两角小洋不难买上一篮。甘蔗荸荠,水红菱黄菱肉,青梅黄梅,金橘岩橘,各色桃李杏柿,(杨梅易坏可惜除外。)有三四种便可以成为很像样的一份了。我至今不稀罕苹果与梨,但对于小时候所吃的粗水果还觉得有点留恋,顶上不了台盘的黄菱肉，大抵只有起码的水果包里才有，我却是最感觉有味，因为那是代表土产品的，有如杜园瓜菜，所谓土膏露气尚未全失，比起远路来的异果自有另外的一种好处。

1951年3月2日载《亦报》

甘蔗荸荠

关于荸荠

我写了一篇文章叫做《甘蔗荸荠》,篇中却只说起一遍,便不再提,这在从前写时文的时候叫做什么的呢,总之是很犯规矩的,所以现在再来补写一篇,关于荸荠多说几句。荸荠这名字不知道怎么讲,倒也算了,英国叫做水栗子,日本叫做黑茨菇,虽有意义,却很有侉气,可以想见是不懂得吃这东西的。荸荠自然最好是生吃,嫩的皮色黑中带红,漆器中有一种名叫荸荠红的颜色,正比得恰好。这种荸荠吃起来顶好,说它怎么甜并不见得,但自有特殊的质朴新鲜的味道,与浓厚的珍果正是别一路的。乡下有时也煮了吃,与竹叶和甘蔗的节同煮,给小孩吃了说可以清火,那汤甜美好吃,荸荠熟了只是容易剥皮,吃起来实在没有什么滋味了。用荸荠做菜做点心,凡是煮过了的,大抵都没有什么好吃,虽然切了片像藕片似的用糖醋渍了吃,还是没啥。此外有一种海荸荠,大概是海边植物的种子,形如小茨菇,大如花生仁,街上叫卖,一文钱一把,吃来甜中带咸,小孩们很是喜欢。甲午前后,杭州有过一家稻草村似的店,名曰野荸荠,不知何所取义,难道就是说的海荸荠么?

1951年3月3日载《亦报》

再谈甘蔗

我相信小君先生的话,在《亦报》上谈谈食物,也不必过责,所以就来写了几篇,恰巧那都是中国所特有的,所以更放胆的下笔了。这里谈的是甘蔗,其实即是补足前回文不对题的那篇文章的。

关于甘蔗,就有一件笑话,证明外国人不会吃,即是不认得这东西。据说:是二十年前了吧,有美国男女学生团体来北京,到燕京大学去参观,学生会招待他们,茶点中有一碟北方难得的甘蔗。这一节一节扁圆白净的东西,引起了客人的注意,有一个女学生拿了咬了一口,咀嚼之后,剩下了渣无法应付,不好意思吐出,要咽又咽不下去,正在翻白眼的时候,大概有女主人看见了,偷偷地告诉她,后来吐在小手巾内完事的吧。

普通水果店里一定有一把刨,先刨去皮,再用铡刀切成一寸左右的短节,但据说顾长康吃甘蔗从尾起,说渐入佳境,似乎古时也有整支咬了吃的,但或者这是他个人的古怪吃法也说不定。

甘蔗只可生吃，煮了便是糖味，有人用小板凳似的家伙榨了汁吃，这也近似是糖水了，所以要吃甘蔗，还只有自己嚼的那一个旧法子。

1951年3月7日载《亦报》

吃白果

白果树的历史很早，和它同时代的始祖鸟等已于几百万年前消灭了，它却还健在，真可以算是植物界的遗老了。书上称它为鸭脚子，因为叶如鸭脚，又名公孙树，"言其实久而后生，公种而孙方食。"或谓左思赋中称作平仲，后来却不通行，一般还是叫它作白果，据说宋初入贡，乃改名银杏。日本称为耿南，乃是银杏音译转讹，树称伊曲，则是鸭脚的音译，而且都是后起的宋音，可见传入的年代也不很早，大概只是千年的历史罢了。白果的形状很别致，可是实在没有什么好吃，因为壳外有肉，大概是泡在水里让它烂掉的吧，所以带有臭气，而且白果自身也有一种特殊的气味，有些人不大喜欢。它的吃法我只知道有两种。其一是炒，街上有人挑担支锅，叫道"现炒白果儿"，小儿买吃，一文钱几颗，现买现炒。其二是煮，大抵只在过年的时候，照例煮藕脯，用藕切块，加红糖煮，附添白果红枣，是小时候所最期待的一种过年食品。此外似乎没有什么用处了，古医书云，白果食满千颗杀人，其实这种警告是多余的，因为谁也吃不到一百颗，无论是炒了或煮了来吃。

1951年3月31日载《亦报》

山楂与红果

读了江幼农先生讲山楂的文章,真觉得有点馋起来了,因为我是爱吃酸甜的东西的。可是读完了的时候也不免失望,因为他遗漏了一样物事,这便是北京水果店里所必备的炒红果。我在乡下的时候,吃过山楂糕,方言只叫做楂糕,也吃冰糖葫芦,叫做糖山球,我知道这都是用红果所做的,国语则云山楂。北京的冰糖葫芦很有名,比乡下的做得好多了,有些中间嵌核桃或豆沙的,我却并不赏识,以为还是那简单用红果做的好。炒红果则只是北京有,我觉得很好,虽然假如自己家里来制造,自然还要好,至少是会软得多。这同冰糖葫芦用的是一样的材料,煮熟剥皮去核,加糖再煮,并不曾炒,却叫做炒红果。这红果的名称也是与乡下方言相合的,北京普通称为山里红。在乡下另有一种,叫做山里果子。与红果不同,个子较小,形如算盘子,山里人用线穿成大小各串,在街上叫卖。我以前一直把这当作山楂,看药店里所用的山楂也正是这个,并不是大个的红果。这种山里果子在北京似乎没有，就只不曾去请教药店，不知道他们用的是哪一种。《本草纲目启蒙》中引各医书中名称，有山果子、映山红果、糖球儿、糖球子、棠球子各种，仿佛与山里果子、红果、糖山球各俗名都有关系的样子，又有山栗红果与山栗果两名，我颇怀疑第二字有误，如写作里字就正好了。这末了两个名字据说出于《古今医统》。

1951 年 12 月 22 日载《亦报》

腌菜

在上海的乡友牛君旧年底写信来,内有一节云:"新腌腌菜,卤水淘饭,四岁小儿亦欢喜之,可见其鲜,如能加几只开洋,一定要好,可惜开洋贵得很,瑶柱要十六万一斤,越加买不起了。"我们家里在冬季也腌了些菜,预备等到夏天吃"臭腌菜",名臭而实香,生熟都好吃,可是经牛君一提,便忍不住先蒸了碗,而且搁上些"开洋"。北京的白菜本来是好的,所以显得比乡下的似乎更好。开洋大概指的是小的虾米,我们用的较大,在开洋与金钩之间,价目也较便宜,只要二千五百元一两,才比瑶柱四分之一罢了。说到腌菜,觉得实在是很好的小菜,其用处之大在世间所谓霉干菜之上。它的缺点就是只适宜于吃米饭,面食便不很相宜。筵菜中还可以有干菜鸭,腌菜也仍然没有用场,可见这是纯民间的产物,是一点没有富贵气味的。若讲吃场的话,牛兄的小儿已为证明菜汤之鲜,再吃得考究一点,金黄的生腌菜细切拌麻油,或加姜丝,大段放汤,加上几片笋与金钩,这样便可以很爽口的吃下一顿饭了。只要厨房里有地方搁得下容积二十加仑的一只水缸,即可腌制。古人说是御冬,其实它的最大用处还是在于过夏,上边所说的也正是夏天晚饭的供应。我对于干菜有点不大恭维,但是酷热天气,用简单的干菜汤淘饭也是极好,决不亚于虾壳笋头汤的。

1952 年 2 月 8 日载《亦报》

闲话毛笋

看见报刊上写少数民族生活的文章,觉得很有意思,特别是在西南方面住在寨子里的,似乎比西北住在穹庐里更有趣味。我于这两方面都没有去过,所以不知道实在情形,但是推想起来,寨子内外应该富有竹木,这便使生长南方的我感觉亲近。小时候读一篇《黄冈竹楼记》,文句全然不记得了,但这竹楼的影子却一向追逐着我,心里十分向往,及至后来看见写傣家生活的文章里也有竹楼,便又勾起我的联想来。即使这竹楼是底下养猪,上面住人也罢,也并不妨事,因为这种竹木的构造是我觉得喜欢的。现实的竹楼与古文里的黄冈竹楼或者距离得颇远,也未可知,但是总之是用竹子所做的,那么近地一定也多竹木禽虫,不像是一带的草地沙丘吧。并且因了竹子,便联想到各式的笋,这便是我写这篇文章的原因,俗语云,花不如团子,这是普遍的情形,原不独小孩子是这样的。

我在北京一直连续住了四十多年,中间没有回到南方去过,异乡的生活已经习惯了,但是时常还记忆起故乡的吃食来,觉得不能忘记,这大半是北方所没有的,虽然近来交通发达,飞机朝发晚至,不过只做不到可以寄递方物。主要的是食品里的笋,其次是煮熟的四角大菱,果子里的杨梅。清宗室遐龄著《醉梦录》卷上,《记莫疯子》中有云:

"莫切崖,元英,行七,浙江山阴县人也,其人古貌古心,不修边幅,见人辄跪拜不已,虽仆役亦然,以此人皆以莫疯子呼之。(案:切崖盖是谐称,即七爷二字之转。)然其学问渊博,凡医卜星相堪舆之术,以及诗古文词,无不通晓,尤精于医,多不循古方,寓京师已三十余年矣。诗不多作,曾记其一联云:'五月杨梅三月笋,为何人不住山阴。'其不克还乡之苦况,已露于言表。"莫疯子的两句诗很能表现住在北方的越人的心情,李越缦的文章中也时常出现,如尺牍里及《城西老屋赋》也有提到。鲁迅在《朝花夕拾》小引里说得好:

我有一时,曾经屡次忆起儿时在故乡所吃的蔬果……都是极其鲜美可口的,都曾是使我思乡的蛊惑。后来我在久别之后尝到了,也不过如此,惟独在记忆上,还有旧来的意味留存。它们也许要骗我一生,使我时时反顾。

现在且不谈杨梅的事,只就笋来说一说吧。说起笋来,本来没有像杨梅的那样特别,北京人听到杨梅,一定以为就是覆盆子似的

闲话毛笋

那种草莓,若是笋便不一样了,他们近来吃到冬笋,而且晒干的玉兰片则是向来就有的。不过这里要说的乃是新鲜的笋——毛笋,而这鲜笋与新杨梅一样,却是经不起转手的东西。冬笋和鞭笋还好一点,可以走点远路,若是毛笋、淡笋之类请它坐飞机也不行,它们就是从头不宜出行的,你若是要请教它,只有移樽就教的一个法子。要说是怎么样的好吃,那也是一言难尽,其实凡是五官的感受都是如此,借助于语言文字之末,是不大靠得住的。但是那直接的办法既是不可能,那么只好仍用间接的比喻的说法,好像禅宗和尚因人家问涧水深浅,觉得最好的方法是将那人推下水去,就会明白,但是对方对和尚说不定疑心要害命,所以结果还只得用问答对付。我说毛笋好吃,不会把事情闹得那么严重,可是人家如说我的话不能了解,那么只得引用王阳明的诗句"哑子吃苦瓜"作解嘲,结果便是哑人作通事,白费气力,也正是没有法子的事呢。我觉得中国的大寺院里做的素菜,的确是很好的。我没有机会到这种清净地方去吃过饭,有过什么经验,只是一回在故乡的长庆寺里看见和尚们吃,有过这种经验。和尚们在吃饭之先念过一通经,才开始吃,在他们面前是一碗萝卜炖豆腐,觉得实在不错。当时虽然没得到口,但是在家吃过,所以知道,不过觉得在寺里所做的一定还更要好吃罢了。这种菜的好处特别是在萝卜里,因为它有一种甜味,容我们来掉一句书袋,这便是所谓肥甘,孟子说"为肥甘不足于口欤"那个肥甘。笋的好处也正是因为有这种甘味。中国古来文人多赞美笋,苏东坡便是杰出的一个,所谓参玉版禅的典故知道的很多,已经有点陈年了,而且也不能怎么说出笋的特色来,我在这里只想说毛笋的肥甘好吃,决不下于至今以东坡得名的猪肉。毛笋生得极大,报上有个净慈寺山门外的照片,其竹之伟大殊可惊人,平常毛笋之稍大的辄有一二十斤重,切开来煮可以称作玉版,不过我所说的乃是盐煮毛笋,当作玉版看未免不大莹洁罢了。毛笋切大块,用盐或酱油煮熟,吃时有一种新鲜甜美的味道,这是山人田夫所能享受之美味,不是口厌刍豢的人所能了解的。毛笋之外还有淡笋,乃是淡竹的笋,似乎是单薄一点。笑话书里说有南人请北人吃饭,菜中有笋,客问是何物,主人答说是竹,客回家煮其床箦良久不烂,遂怨南人见欺。这里所说的似乎是指淡笋,因为若是毛笋当不能分辨是竹了。毛笋亦作猫笋,不知何者为正,今姑且写作毛字,因为觉得从猫字没有什么根据。

1964年7月14日载香港《新晚报》

瓜子

乡下新年客来，在没有香烟的时候，清茶果茶之后继以点心，必备瓜子花生，年糕粽子，此外炸元宵、小包子、花饺、烧卖之类，则对于客之尊亲者始有，算是盛设了。落花生在明季自南洋入中国，吃瓜子的风俗不知起于何时，大概相当的早吧，在小说中仿佛很少说及，只在文昭的《紫幢轩诗集》中见到年夜诗云：漏深车马各还家，通夜沿街卖瓜子。此人是王渔洋的弟子，是康熙时人。曾见西班牙人小说，说及女人嗑葵花子，不知是否与亚剌伯人有关，也不知道别国还有此习俗否。平常待客用的都是市上卖的黑瓜子，但个人经验觉得吃西瓜时所留下的子，色黄粒小，可是炒了吃很香，实在比大而黑的还要好。此外南瓜子及向日葵子也都可以吃，比较容易嗑，肉亦较多，但不知怎的似乎不能算是正宗，不用于请客席上。小孩们有谜语云：一百小烧饼，吃了一百还有二百剩，这显然是指西瓜子,南瓜子与葵花子并不在内,因为那两种嗑开时壳都不能干脆的分作两片,由此可知在儿童心中的瓜子也还是那西瓜子也。

1950年11月1日载《亦报》

鸡蛋

鸡蛋富于滋养，而价钱不贵，至今还可与豆腐比值，在动物性的食料中，这样便宜的东西再也没有了。北方人讳蛋字，因称鸡蛋曰鸡子，这倒是与我们乡下方言相同的，做出菜来叫做溜黄菜、木樨汤等，又有叫做窝果儿的，名字虽然奇怪，各种蛋制品中我倒是顶喜欢吃，这是简单的在盐水中氽鸡蛋，整个的蛋白裹蛋黄，却是很嫩，也很便宜。这里称鸡蛋为果子，称磕开放水里煮曰窝，是什么道理，我至今也还不明白。乡下没有这种吃法，只有打散了，加糖和老酒煮，说是补的，虽是并不难吃，但可暂而不可常，不如窝果儿的长吃不厌。鸡蛋似乎到处都是一样，不见得家乡的最好，虽然越鸡之好见于书上，而且像煞有介事的说明只有出于府衙门左近的是真越鸡，实在并没有这些神秘。绍兴鸡肉的确不错，原因是同金华的猪一样,它们吃的全是人吃的饭,并不像有些地方的鸡和猪,是半野生似的任它自己去"逃挣",所以长得肥嫩一点正是当然的了。但鸡既然好,鸡蛋也该不坏,这也是当然的吧。

1950年11月19日载《亦报》

第四辑

北京的茶食

在东安市场的旧书摊上买到一本日本文章家五十岚力的《我的书翰》，中间说起东京的茶食店的点心都不好吃了，只有几家如上野山下的空也，还做得好点心，吃起来馅和糖及果实浑然融合，在舌头上分不出各自的味来。想起德川时代江户的二百五十年的繁华，当然有这一种享乐的流风余韵留传到今日，虽然比起京都来自然有点不及。北京建都已有五百余年之久，论理于衣食住方面应有多少精微的造就，但实际似乎并不如此，即以茶食而论，就不曾知道有什么特殊的有滋味的东西。固然我们对于北京情形不甚熟悉，只是随便撞进一家饽饽铺里去买一点来吃，但是就撞过的经验来说，总没有很好吃的点心买到过。难道北京竟是没有好的茶食，还是有而我们不知道呢？这也未必全是为贪口腹之欲，总觉得住在古老的京城里吃不到包含历史的精炼的或颓废的点心是一个很大的缺陷。北京的朋友们，能够告诉我两三家做得上好点心的饽饽铺么？

我对于二十世纪的中国货色，有点不大喜欢，粗恶的模仿品，美其名曰国货，要卖得比外国货更贵些。新房子里卖的东西，便不免都有点怀疑，虽然这样说好像遗老的口吻，但总之关于风流享乐的事我是颇迷信传统的。我在西四牌楼以南走过，望着异馥斋的丈许高的独木招牌，不禁神往，因为这不但表示他是义和团以前的老店，那模糊阴暗的字迹又引起我一种焚香静坐的安闲而丰腴的生活的幻想。我不曾焚过什么香，却对于这件事很有趣味，然而终于不敢进香店去，因为怕他们在香合上已放着花露水与日光皂了。我们于日用必需的东西以外，必须还有一点无用的游戏与享乐，生活才觉得有意思。我们看夕阳，看秋河，看花，听雨，闻香，喝不求解渴的酒，吃不求饱的点心，都是生活上必要的——虽然是无用的装点，而且是愈精炼愈好。可怜现在的中国生活，却是极端地干燥粗鄙，别的不说，我在北京彷徨了十年，终未曾吃到好点心。

1924 年 3 月 18 日载《晨报副刊》

馒头

南方人到北京来，叫人去买几个肉馒头，这便成了难问题了。北方称有馅的为包子，馒头乃是实心的，现在叫他买有馅的实心馒头，有如日本照《孟子》例称热水曰汤，冷水曰水，留学生叫公寓的人拿热的冷水来，一样的一时有点想不通，没法子办了。但是仔细想起来，肉馒头这句话并没有错，因为古时候馒头是可以有馅的。宋人笔记说宋仁宗诞日赐群臣包子，但馒头之名更早，诸葛孔明之说固不可靠，唐梵志诗云，城外土馒头，馅草在城里，一人吃一个，莫嫌没滋味。可知馒头有馅唐时已然。又有人说，蒸饼也即是今之馒头，案宋时避仁宗讳，呼蒸饼为炊饼，那么武大郎所挑卖的也就是这物事了，《水浒》里只说他做几扇笼出卖，看不见裹什么馅，大概那也是实心的吧。

我们乡下的馒头都是有馅的，不是猪肉，便是豆沙白糖，虽然南京茶馆的素包子的确也不错，可惜那里不知道做。说也奇怪，从前新式茶馆没有开设的时候,乡下买馒头的只有望江楼上一处,专卖元宵大的"候口馒头",做点心极好,反正并不当饭吃,所以实心馒头是没有什么用的。北边面食是正当的饭,包子有点近于奢侈品,要讲好吃的馅更是奢侈了,正宗还是馒头,而且是实心的大个的,这蒸得好的实在不错,但在南方却是不容易遇见的了。

1950 年 8 月 4 日载《亦报》

湿蜜饯

故乡因为最是熟悉,所以总觉得它有些事情比别处好。其一是糕点,小时候与它最有交往,当初并不觉得,可到北方后再也看它不见了,未免有点寂寞,后来在苏州木渎的小街上忽然看见爿小糕店,不禁欣喜,虽然也并不买吃什么。其二是糖色店,是专卖糖果蜜饯的。北京琉璃厂有一家信远斋,它的酸梅汤四远驰名,蜜枣杏脯也很名贵,货色当然要比乡下的好得多,不知为什么觉得很疏远,不及故乡的几处小铺更可怀念。那些铺子大抵都聚族而居的挤在大路口(地名)内,一间门面,花样却很繁多,一半是糖色即糖果,新年加上糖菩萨,这与糖人不同,那是用软饴,挑担吹卖的,一半则是蜜饯,可以说是古时候的罐头水果吧。水果本来宜于生吃,但是非时异地很难得到,煮熟晒干也是没法,装进白铁罐,更可致远,实在与黄沙罐也差不多,只是不会得撒出来而已。黄沙罐里装的是湿蜜饯,底下大部分是紫苏生姜片,犹如菜的垫底,至多果品有一半,枇杷桃子很占地方,此外是樱桃半梅金桔,顶上大都是一片佛手柑。小时候看见了这一瓶,比什么都还欢喜,其实讲到味道不及一苗篮的甘蔗。

甘蔗真是果中英雄,除生吃外只可榨汁煎汤,制成宝贵的糖,却不能做蜜饯制罐头,荸荠还可切片糖渍,比起来也还不如了。

1950年8月9日载《亦报》

爱窝窝

小时候最爱吃麻糍,这是纯糯米的糍粑,中裹豆沙或芝麻糖馅,但是北方没有,只有爱窝窝稍为相像。《燕都小食品杂咏》云,白粘江米入蒸锅,什锦馅儿面粉搓,浑似汤团不待煮,清真唤作爱窝窝。注云,爱窝窝,回人所售食品之一,以蒸透极烂之江米,待冷,裹以各色之馅,用面粉团成圆球,大小不一。我们常见的都是小而扁的一种,若加倍的大,便近于炙糕担上的麻糍了。爱窝窝的名义不甚可解,或写作艾,可是里边并没有艾之类,也不见得对。李光庭著《乡言解颐》中载刘宽夫《日下七事诗》,末章中说及爱窝窝,小注云,"窝窝以糯米粉为之,状如元宵粉荔,中有糖馅,蒸熟外糁薄粉,上作一凹,故名窝窝。田间所食则用杂粮面为之,大或至斤许,其下一窝如臼而覆之。茶馆所制甚小,曰爱窝窝,相传明世中宫有嗜之者,因名御爱窝窝,今但曰爱而已。"这里说爱窝窝名称的来源颇为近理,虽然查刘若愚的《酌中志》,在"饮食好尚纪略"一篇中不曾说及。普通玉米面的窝窝头其大如拳,清末也因宫中要吃,精制小颗,高才及寸许,北海仿膳茶社出售,一碟七八个,价比蟹黄包子矣,古今事亦正是无独有偶也。爱窝窝做法,以《小食品杂咏》注所说为可靠,倘如《乡言解颐》的话,则是煮元宵捞起来外拌米粉,事实上是做不成的。《杂咏》云浑似汤团不待煮,说得不错,虽然据我看来还不如说小麻糍更得要领,就只可惜不吃过麻糍的人也不能了然耳。

1950 年 6 月 16 日载《亦报》

糯米食

近年北京市上有糍粑可买，就使我很是高兴，因为我是喜欢糯米食的，虽然我们乡下没有糍粑，只有一种类似的东西叫做麻糍。糍粑的名称大概是通行于四川，它实在是年糕，只是用糯米做的，乡下的年糕特别是水磨年糕也包含些糯米粉，但仍以粳米为主，而且做法也很不同。年糕是米磨了粉，蒸后再舂而成，糍粑乃是用米煮饭来舂，可以说是用糯米饭捣烂做成的。糍粑是整块的，吃法任便，麻糍的原料相同，却做成一个个烧饼似的，中间加上一点馅，豆沙或是芝麻糖，这在我因为小时候的记忆觉得比较的更是好吃。中国点心里可惜不大利用糯米，只有在酒席上才用八宝饭，又有一个时期市上售卖甜酒酿，至于茶食铺里我就不大想得起什么东西来，除了只是在故乡才有的松子糕及其变相的橘红糕而已。要吃糯米食，惟一的办法是吃粽子，别处都在端午吃，乡下很特别地是在旧历过年的时候，家里自己制造，不要说加入栗子红枣的别有一种香味，就是普通的白米粽也非常好，不是市上所能及。广东和苏州式的豆沙火腿各样粽子当然也好，但小孩时所不知道的便似乎不是正宗，而且也不会觉得怎么的好了。用糯米煮饭搁白糖，我可以吃一大碗，比一顿饭的分量还多，旧友中间只有一个人可以算得我的同调，因此我这纪念糯米的小文，现在要找赞成人恐怕也就不可多得了吧。

1951年12月30日载《亦报》

香酥饼

绍兴塔山下有两样名物,其一是香酥饼,其二是炒芽豆。小时候大人叫往塔山买芽豆,很高兴的跑去,但是买香酥饼时便有点儿踌躇了。香酥饼只有塔山下才有,两三家相近的开着,记得名称都是沛国斋加什么记吧,一间干干净净的店面,柜台里边疏朗朗的没有什么东西,只是几个大的瓷瓶,装着货色,那就是有名的香酥饼。这是寸许直径的小饼,样子很像上坟烧饼,大概用麦粉所做,稍有糖馅,质甚轻松,加上一种什么香料,与那名称也还相称。价值从前大抵是两文一个,也不算贵,不过因为个儿小,买了一百个也只是小巧的一包,送人不大好看,但是加上一句说明是塔山下的名物,自然就敷衍得过去了。这店里又有一个特色,是女人管店,虽然并不怎么描头画角,也没有什么风说,但总之不是老太婆,乃是服装不坏年纪不大的女人,客气的接待主顾,结果自然是浮滑少年喜欢多去,我们真心买香酥饼的而在年岁上易有嫌疑的人便难免反而有点不好意思。这很有点像书籍碑帖铺的样子，里边不知怎的有一种闲静的空气。我想或者最初有什么姓刘的流亡到那里，本来是文化人没有职业可做，只记得些点心的做法，姑且开个小铺对付度日，后来却有了名，一直就开了下去。这是我空想的推测，是从那店的上下四旁看出来的，所缺便只是那实在的证据，这除了沛国斋没有人知道，所以于我也是无怪的了。

1950 年 7 月 28 日载《亦报》

香酥饼

南北的点心

现在说的是单指干点这一类，这在中国的南北也略有点不同。以四十年前故乡的茶食店为例，所卖的东西大概有这几类，一是糖属，甲类有松仁缠、核桃缠，乙类牛皮糖、麻片糖、寸金糖、酥糖等。二是糕属，甲类有松子糕、枣泥糕、蜜仁糖，乙类炒米糕、百子糕、玉露霜，丙类玉带糕、云片糕等。三是饼属，甲类有各类月饼，限于秋季，乙类红绫饼、梁湖月饼等，则通年有之。四是糕干类，有香糕、琴糕、鸡骨头糕干等。五是鸡蛋制品，有蛋糕、蛋卷、蛋饼等。到北京来看，货色很不一样，所谓小八件大八件，样子很质朴，全是乡下气，觉得出于意外，虽然自来红自来白这些月饼似的东西，吃起来不会零碎的落下皮来，觉得还有可取。至于玉带糕寸金糖之属，要在南方店铺如稻香村等才可以买到，这显明的看出点心上的界线来了。这是什么缘故呢，我当初也不明瞭。后来有人送我一匣小八件，我打开来看，不知怎的觉得很是面善，忽而恍然大悟，这不是佛手酥么，菊花酥么，只要加上金枣龙缠豆及桂花球，可不是乡下结婚时分送的喜果么？我怎么会忘记了的呢！我又记起茶食店的仿单上的两句话，明明替我解决了疑问，说北方的是官礼茶食，南方的是嘉湖细点。大概在明朝中晚时代，陈眉公、李日华辈，在江浙大有势力，吃的东西也与眉公马桶等一起的有了飞跃的发展，成了种种细点，流传下来，到了礼节赠送多从保守，又较节省，这就是旧式饽饽成为喜果的原因了。

1950年2月3日载《亦报》

再谈南北的点心

中国地大物博,风俗与土产随地各有不同,因为一直缺少人记录,有许多值得也是应该知道的事物,我们至今不能知道清楚,特别是关于衣食住的事项。我这里只就点心这个题目,依据浅陋所知,来说几句话,希望抛砖引玉,有旅行既广,游历又多的同志们,从各方面来报道出来,对于爱乡爱国的教育,或者也不无小补吧。

我是浙江东部人,可是在北京住了将近四十年,因此南腔北调,对于南北情形都知道一点,却没有深厚的了解。据我的观察来说,中国南北两路的点心,根本性质上有一个很大的区别。简单的下一句断语,北方的点心是常食的性质,南方的则是闲食,我们只看北京人家做饺子馄饨面总是十分苴实,馅决不考究,面用芝麻酱拌,最好也只是炸酱;馒头全是实心。本来是代饭用的,只要吃饱就好,所以并不求精。若是回过来走到东安市场,往五芳斋去叫了来吃,尽管是同样名称,做法便大不一样,别说蟹黄包子,鸡肉馄饨，就是一碗三鲜汤面，也是精细鲜美的。可是有一层，这决不可能吃饱当饭，一则因为价钱比较贵，二则昔时无此习惯。抗战以后上海也有阳春面，可以当饭了。但那是新时代的产物，在老辈看来，是不大可以为训的。我母亲如果在世，已有一百岁了，她生前便是绝对不承认点心可以当饭的，有时生点小毛病，不喜吃大米饭，随叫家里做点馄饨或面来充饥，即使一天里仍然吃过三回，她却总说今天胃口不开，因为吃不下饭去，因此可以证明那馄饨和面都不能算是饭。这种论断，虽然有点儿近于武断，但也可以说是客观的佐证，因为南方的点心是闲食，做法也是趋于精细鲜美，不取苟实一路的。上文五芳斋固然是很好的例子，我还可以再举出南方做烙饼的方法来，更为具体，也有意思。我们故乡是在钱塘江的东岸，那里不常吃面食，可是有烙饼这物事。这里要注意的，是烙不读作老字音，乃是"洛"字入声，又名为山东饼，这证明原来是模仿大饼而作的，但是烙法却不大相同了。乡间卖馄饨面和馒头都分别有专门的店铺，惟独这烙饼只有摊，而且也不是每天都有，这要等待那里有社戏，才有几个摆在戏台附近，供看戏的人买吃，价格是每个制钱三文，计油条价二文，葱酱和饼只要一文罢了。做法是先将原本两折的油条扯开，改作三折。在鏊盘上烤焦，同时在预先做好的直径约二寸，厚约一分的圆饼上，满搽红酱和辣酱，撒上葱花，卷在油条外面，再烤一下，就做成了。它的特色是油条加葱酱烤过，香辣好吃，那所谓饼只是包裹油条的东西，乃是客而非主，拿来与北方原来的大饼相比，厚大如茶盘，卷上黄酱与大葱，大嚼一张，可供一饱，这里便显出很大的不同来了。

上边所说的点心偏于面食一方面，这在北方本来不算是闲食吧。此外还有一类干点心，北京称为饽饽，这才当作闲食，大概与南方并无什么差别。但是这里也有一点不同，据我的考察，北方的点心历史古，南方的历史新，古者可能还有唐宋遗制，新的只是明朝中叶吧。点心铺招牌上有常用的两句话，我想借来用在这里，似乎也还适当，北方可以称为"官礼茶食"，南方则是"嘉湖细点"。

我们这里且来作一点繁琐的考证，可以多少明白这时代的先后。查清顾张思的《土风录》卷六，"点心"条下云："小食曰点心，见《吴曾漫录》：唐郑傪为江淮留后，家人备夫人晨馔，夫人谓其弟曰：'治妆未毕，我未及餐，尔且可点心。'俄而女仆请备上人点心，傪诟曰：'适已点心，今何又请！'"由此可知点心古时即是晨馔。同书又引周辉《北辕录》云："洗漱冠栉毕，点心已至。"后文说明点心中馒头馄饨包子等，可知说的是水点心，在唐朝已有此名了。茶食一名，据《土风录》云："干点心曰茶食，见宇文懋《昭金志》：'婿先期拜门，以酒馔往，酒三行，进大软脂小软脂，如中国寒具，又进蜜糕，人各一盘，曰茶食。'"《北辕录》云："金国宴南使，未行酒，先设茶筵，进茶一盏，谓之茶食。"茶食是喝茶时所吃的，与小食不同，大软脂，大抵有如蜜麻花，蜜糕则明系蜜饯之类了。从文献上看来，点心与茶食两者原有区别，性质也就不同，但是后来早已混同了。本文中也就混用，那招牌上的话也只是利用现成文句，茶食与细点作同意语看，用不着再分析了。

我初到北京来的时候，随便在饽饽铺买点东西吃，觉得不大满意，曾经埋怨过这个古都市，积聚了千年以上的文化历史，怎么没有做出些好吃的点心来。老实说，北京的大八件小八件，尽管名称不同，吃起来不免单调，正和五芳斋的前例一样，东安市场内的稻香村所做的南式茶食，并不齐备，但比起来也显得花样要多些了。过去时代，皇帝向在京里，他的享受当然是很豪华的，却也并不曾创造出什么来。北海公园内旧有"仿膳"，是前清御膳房的做法，所做小点心，看来也是平常，只是做得小巧一点而已。南方茶食中有些东西，是小时候熟悉的，在北京都没有，也就感觉不满足，例如糖类的酥糖、麻片糖、寸金糖，片类的云片糕、椒桃片、松仁片，软糕类的松子糕、枣子糕、蜜仁糕、桔红糕等。此外有缠类，如松仁缠、核桃缠，乃是在干果上包糖，算是上品茶食，其实倒并不怎么好吃。南北点心粗细不同，我早已注意到了，但这是怎么一个系统，为什么有这差异？那我也没有法子去查考，因为孤陋寡闻，而且关于点心的文献，实在也不知道有什么书籍。但是事有凑巧，不记得是那一年，或者什么原因了，总之见到几件北京的旧式点心，平常不大碰见，样式有点别致的，这使我忽然大悟，心想这岂不是在故乡见惯的"官礼茶食"么？故乡旧式结婚后，照例要给亲戚本家分"喜果"，一种是干果，计核桃、枣子、松子、榛子，讲究的加荔枝、桂圆。

再谈南北的点心

又一种是干点心,记不清它的名字。查范寅《越谚》饮食门下,记有金枣和珑缠豆两种,此外我还记得有佛手酥、菊花酥和蛋黄酥等三种。这种东西,平时不通销,店铺里也不常备,要结婚人家订购才有,样子虽然不差,但材料不大考究,即使是可以吃得的佛手酥,也总不及红绫饼或梁湖月饼,所以喜果送来,只供小孩们胡乱吃一阵,大人是不去染指的。可是这类喜果却大抵与北京的一样,而且结婚时节非得使用不可。云片糕等虽然是比较要好,却是决不使用的。这是什么理由?这一类点心是中国旧有的,历代相承,使用于结婚仪式。一方面时势转变,点心上发生了新品种,然而一切仪式都是守旧的,不轻易容许改变,因此即使是送人的喜果,也有一定的规矩,要定做现今市上不通行了的物品来使用。同是一类茶食,在甲地尚在通行,在乙地已出了新的品种,只留着用于"官礼",这便是南北点心情形不同的缘因了。

上文只说得"官礼茶食",是旧式的点心,至今流传于北方。至于南方点心的来源,那还得另行说明。"嘉湖细点",这四个字,本是招牌和仿单上的口头禅,现在正好借用过来,说明细点的起源。因为据我的了解,那时期当为前明中叶,而地点则是东吴西浙,嘉兴湖州正是代表地方。我没有文书上的资料,来证明那时吴中饮食丰盛奢华的情形,但以近代苏州饮食风靡南方的事情来作比,这里有点类似。明朝自永乐以来,政府虽是设在北京,但文化中心一直还是在江南一带。那里官绅富豪生活奢侈,茶食一类也就发达起来。就是水点心,在北方作为常食的,也改作得特别精美,成为以赏味为目的的闲食了。这南北两样的区别,在点心上存在很久,这里固然有风俗习惯的关系,一时不易改变,但在"百花齐放"的今日,这至少该得有一种进展了吧。其实这区别不在于质而只是量的问题,换一句话即是做法的一点不同而已。我们前面说过,家庭的鸡蛋炸酱面与五芳斋的三鲜汤面,固然是一例。此外则有大块粗制的窝窝头,与"仿膳"的一碟十个的小窝窝头,也正是一样的变化。北京市上有一种爱窝窝,以江米煮饭捣烂(即是糍粑)为皮,中裹糖馅,如元宵大小。李光庭在《乡言解颐》中说明它的起源云:相传明世中宫有嗜之者,因名御爱窝窝,今但曰爱而已。这里便是一个例证,在明清两朝里,窝窝头一件食品,便发生了两个变化了。本来常食闲食,都有一定习惯,不易轻轻更变,在各处都一样是闲食的干点心则无妨改良一点做法,做得比较精美,在人民生活水平日益提高的现在,这也未始不是切合实际的事情吧。国内各地方,都富有不少有特色的点心,就只因为地域所限,外边人不能知道,我希望将来不但有人多多报道,而且还同土产果品一样,陆续输到外边来,增加人民的口福。

1956年7月27日作,未刊稿

再谈南北的点心

羊肝饼

有一件东西，是本国出产的，被运往外国经过四五百年之久，又运了回来，却换了别一个面貌了。这在一切东西都是如此，但在吃食有偏好关系的物事，尤其显著，如有名茶点的"羊羹"，便是最好的一例。

"羊羹"这名称不见经传，一直到近时北京仿制，才出现市面上。这并不是羊肉什么做的羹，乃是一种净素的食品，系用小豆做成细馅，加糖精制而成，凝结成块，切作长方，所以实事求是，理应叫做"豆沙糖"才是正办。但是这在日本（因为这原是日本仿制的食品）一直是这样写，他们也觉得费解，加以说明，最近理的一种说法是，这种豆沙糖在中国本来叫做羊肝饼，因为饼的颜色相像，传到日本，不知因何传讹，称为羊羹了，虽然在中国查不出羊肝饼的故典，未免缺憾，不过唐朝时代的点心有哪几种，至今也实在难以查清，所以最好承认，算是合理的说明了。

传授中国学问技术去日本的人，是日本的留学僧人，他们于学术之外，还把些吃食东西传过去。羊肝饼便是这些和尚带回去的食品，在公历十五世纪"茶道"发达时代，便开始作为茶点而流行起来。在日本文化上有一种特色，便是"简单"，在一样东西上精益求精的干下来，在吃食上也有此风，于是便有一种专做羊肝饼（羊羹）的店，正如做昆布（海带）的也有专门店一样。结果是"羊羹"大大的有名，有纯粹豆沙的，这是正宗，也有加栗子的，或用柿子做的，那是旁门，不足重了。现在说起日本茶食，总第一要提出"羊羹"，不知它的祖宗是在中国，不过一时无可查考罢了。

近时在中国市场上，又查着羊肝饼的子孙，仍旧叫做"羊羹"，可是已经面目全非——因为它已加入西洋点心的队伍里去了。它脱去了"简单"的特别衣服，换上了时髦装束，做成"奶油"、"香草"，各种果品的种类。我希望它至少还保留一种有小豆的清香的纯豆沙的羊羹，熬得久一点，可以经久不变，却不可复得了。倒是做冰棍（上海叫棒冰）的在各式花样之中，有一种小豆的，用豆沙做成，很有点羊肝饼的意思，觉得是颇可吃得，何不利用它去制成一种可口的吃食呢。

1957年8月1日载《新民报晚刊》

羊肝饼

关于水乌他

齐甘乡兄在牛奶店吃了水乌他,却说"一吃,原来是牛油,怎么会叫水乌他的呢?不知道"。我是略为有点知道,虽然不曾吃过这种外国点心。敦崇所著《燕京岁时记》里十月项下有一个题目是"水乌他,奶乌他",其文曰,"水乌他以酥酪合糖为之,于天气极寒时乘夜造出,洁白如霜,食之口中有如嚼雪,真北方之奇味也。其制有梅花方胜诸式,以匣盛之。奶乌他大致相同,而其味稍逊。"乌他是满洲语,据《满和辞典》里说,这是将枸杞子汁与牛乳白糖混合,用干酪凝结而成的一种点心,所以应该与黄油是差不多的东西,至于现今北京是否还用枸杞,那我可不知道,只是书上那么说而已。乌他是说明了,其水与奶二者的区别却仍是未详,最简单的方法还是由齐公再去吃一回奶乌他,那就可以比较出来了。《燕京岁时记》是木板的一小册书,原板尚存,大概旧书店里不难找到,齐公大可去弄一本来看。假如没有,则李家瑞编的《北平风俗类征》

亦可,是前中央研究院历史语言研究所专刊之一,大本二册,原定价要四元,商务印书馆如尚有,不知要卖几千倍了。这里分十三门类,辑录成书,照道理讲是该便于检阅的,可是有这几个缺点,一没有索引,以至细目,二排列杂乱,年代不明。三大册长行,翻看不便,如用对截小册子,其实也只要四至六册就行了。至于疏漏亦所不免,即如上述《燕京岁时记》的一条,那里也有,却写作《天咫偶闻》,这种笔误偶尔发见,或者还不会很多吧。

1950 年 5 月 25 日载《亦报》

点心与饭

小时候爱吃杂食,时常被大人们教训,说点心不是当饭吃的。这句话里的真理我一直相信着,因为点心与饭的区分就是这样定的。我们乡下的点心大抵可以分作两类,一是干点心,在茶食店里所卖的是,二是湿点心,一切蒸制及有汤的东西。这第二类中有莲子茶,汤圆,烧卖,花饺,馄饨,包子,各式面,藕粥等,有的家制,有的有专店,半干湿的糕和麻糍一类也就附在这里。这些湿点心固然可以吃个半饱,但总不把它当饭,除非是有特别情形,这也只是偶尔的例外而已,所以有些旧式的老辈诉说胃口不开,问他今日吃了些什么,则面和饺子之类也相当吃了些,可是饭并没有吃,因些足见胃口是不好了。这个道理拿到北方来,便全然讲不通,这里说吃饭,不能如字讲的,固然也有小米饭与高粱米饭,一般所珍重的是面条、馒首与烙饼,用南方的旧标准来看,乃是以点心当饭的。不明瞭这个关系的人来到以面食有名的地方,一吃馄饨炒面等,觉得并不及南方好吃，未免奇怪，其实是当然的，因为这里乃是当饭吃的呀。在北京要吃面食的点心，必须去找江苏或扬州的馆子，在那里所做的才不是饭而是点心。北方烙饼有一手指厚，奢侈点裹一片肉，普通只用葱蘸酱，卷了就吃，我们乡间戏台下卖的山东饼乃薄如指甲，却加上红酱辣酱葱花，裹上几倍大的一条油条。广东月饼的用意相同，这表皮差不多只作容器用而已，这正是一个很明白的例子。

1950年2月2日载《亦报》

绍兴的糕干

今年鲁迅逝世二十周年纪念,有在北京的一家报馆当编辑的友人往绍兴去参观鲁迅的故家,回来送了我一包绍兴土产"香糕"。友人的盛意固然可感,特别是那多年久违了的故乡特产,引起我怀旧之情,几乎已经忘记了的故乡的事情不免又记忆起来了。

老实说,我对于故乡是没有多少情分的。第一是绍兴的气候不好,夏天热煞,冬天冷煞,因为那里没有防寒设备,在北京住久了的人,都感觉很困难,特别是一年三季都有蚊子,更是讨厌。绍兴的山水总还是好的,但也不见得比江浙别处好到哪里去。那末可以一谈的也就只是物产这一方面了,而其中自然以关于吃的为多。

鲁迅在《朝花夕拾》的小引中曾云:"我有一时,曾经屡次忆起儿时在故乡所吃的蔬果:菱角、罗汉豆、茭白、香瓜。凡这些,都是极其鲜美可口的,都曾是使我思乡的蛊惑。"这些蔬果本来都是很好的,但是我所记得的却是糕团。我在十年前所作《儿童杂事诗》

中有一首云：

嘉湖细点旧名驰，不及糕团快朵颐。

艾饺印糕排满架，难忘最是炙麻糍。

这里所谓糕团是指"湿"的一类，与"嘉湖细点"那些所谓"干点心"有别。那友人送我的一包"香糕"是属于干的，可是它与糕团有一脉相通之处，即是都用米粉所制，而不是用麦粉的。这在绍兴统称"糕干"，明说是干的糕类。据范寅的《越谚》卷二"饮食门"内，这一项下注云："米粉作方条，焙熟成干，极松脆，为越城名物。与绍酒通市京都，故招牌书进京香糕。昔多黄色，今多白色，其粉更细而佳。"

绍兴香糕店很多，最有名的是"孟大茂"，据说创始于前清嘉庆十二年，即公元一八零七年，已经有一百五十年的历史了。据他们印发的说明，与《越谚》稍有不同，或者更可信凭，亦未可知。其"过程"一节原文云："绍兴乡村农家，每于农历年底自舂年糕，备来年农忙时期作田间点心之用，然总觉食时有加糖蒸煮之麻烦，后渐有以粉及糖火炙烘焙者，盖利用糖受炙后粘性作用而成香糕之雏形也，简便不烦，乃为广播。香糕俗称糕干，实取义于上述情形，其后陆续改进，色、香、味遂臻上乘。加以前清举行科举，浙东一带应试赴考者，均以香糕为途中之点，香糕受当时知识阶级传播，名闻益远，踪迹及于京畿，故亦有进京香糕之称。"

"进京香糕"的名称，从文义上看来，的确以"孟大茂"之说为长,因为这是举人们带了进京,供路上的食用,与酒的称"京庄"不同。又说这是从年糕改良出来的,也很可能,即使它不是纯粹属于农民的东西,至少也总是点心中最大众化的一种。过去的老百姓看望亲戚,照例要带点礼品去,最普通的乃是"糕干包",较好的是"蛋卷包",每斤不过几十文钱罢了。

讲到绍兴的糕干,又使我想起杨村糕干来了。以前在北京常有小店专门卖这食品的,它的制法与绍兴大概总是一路,只是味道并不怎么好,所以不很去请教它,但是它的大众化的特色与绍兴香糕是一致的。又在杨村糕干店里多售代乳糕,或者那糕干即可用以哺儿也未可知。绍兴的香糕,特别是黄色的一种,大人嚼了哺给小儿,往往可以代乳。它以前在乡间大量销行,这大约也是一个主要原因。

1956年12月20日载《工人日报》

吃酒

在城里与乡下同样的说吃酒，意义则迥不相同。城里人说请或被请吃酒，总是大规模的宴会，如不是有十二碟以上的果品零食（俗名会饯，宁波也有这句话）的酒席，也是丰满的一桌十碗头，若是个人晚酌，虽然比不上抽大烟，却也算是一种奢侈的享乐，下酒的东西都很讲究，鸟肉腊肫与花红苹果，由人随意欣赏，到了花生豆腐干，那是顶寒酸的了。乡下人吃酒便只是如字的吃酒，小半斤的一碗酒像是茶似的流进嘴里去，不一忽儿就完了，不要什么过酒胚，看他的趣味是在吃茶与吃旱烟之间，说享乐也是享乐，但总之不是奢侈的。我说城里乡下，并不是严格的地方的分别，实在是说的两种社会的人，乡间绅士富翁自然吃酒也是阔绰的，城里有孔乙己那样的吃法，这又是乡下路的了。中国知识阶级大都是城里人，他们只知道城里的吃酒法，结果他们的反应是两路，一是颓废派的赞成，一是清教徒的反对。颓废派也就算了，清教徒说话做文章，反对乡下人的奢侈的享乐，却不知他们的茶酒烟是一样，差不多只是副食物的性质，假如说酒吃不得，那么喝一碗涩的粗茶，抽一钟臭湾奇，岂不也是不对么。民国初年有些主张也是出于改革的意思，可是由于城里人的立场，多有不妥当的地方，如关于演戏即是一例，可供后人参考。我并不主张乡下人应当吃酒，也只是举例，我们须得多向老百姓学习，说起话来才不会大错。

1950 年 1 月 21 日载《亦报》

盐茶

中国吃茶的风俗大概在汉时已有，王子渊的《僮约》中有五都买茶的话，可以知道，只是吃法不详。唐人煎茶多用姜盐，薛能诗云，盐损添常戒，姜宜着更夸。苏东坡说，茶之中等用姜煎信佳，盐则不可，意思相像，可见至宋时还是如此。废去团饼的制法，改用整片的茶叶，开水冲了吃，这大概盛于明朝，其时不但不用盐姜了，就是香花也渐不用，田艺衡在《煮泉小品》中说，人有以梅花菊花茉莉花荐茶者，虽风韵可赏，亦损茶味，如有佳茶，亦无事此。古时的末茶现已无有，团饼只有普洱茶还是那么做，此外红绿茶都是整片芽叶，好的也不用花了。但是礼失而求诸野，古代的风俗往往留存在民间，据《广东海丰过新年》一篇文章里说，那里新年款客还是用盐茶的。据说喝盐茶是海丰人的一种嗜好，尤其是妇女们，每天早饭后过两点钟，就弄盐茶喝，有的到下午三点钟的时候，还要喝一次。盐茶做法是用茶叶放在乳钵内研成细末，加些食盐，用开水一冲就得。盐茶里和些炒熟的芝麻的,叫做油麻茶,平时有客来也请吃盐茶,大抵加上一点芝麻,如果是款待比较亲近的客人,那时芝麻就多加一些,所以《海丰竹枝词》里有两句道,厚薄人情何处看,看他多少下油麻。这一段记事给予我们不少的知识,我们想象古人吃加盐的茶的情形大概亦是如此,也就想试他一下子看,不知究竟风味如何。

1950年3月22日载《亦报》

南京绍兴饭馆

据说二十年前在南京有这么一家饭店，专做绍兴菜的，这在什么地点，是什么字号，告诉我这话的人不曾说，或者说过是我忘了。他是北大旧学生，跟了蒋梦麟在教育部有好几年，这其间是常到那里去吃饭，或是碰钉子去的。绍兴府属的人去光顾，或者为的乡里之见，但别的官老爷们也不少，却不晓得为了什么缘故。据云一间店堂只有两三张桌子，父子二人包办一切，坐客不但要等桌子有空，而且还要恭候菜来，饥肠辘辘，忍受不了，催促一句，店主即反唇相讥云，等的来不及，请走好了。做的是什么菜，大概只是家常便饭，我想香菇笋干炖豆腐，或者如有大蒜煎豆腐，那总是很可以吃的吧。种类本不多，而且点菜也有限制，假如三四个人，点上四五样菜，堂倌便说，太多了，吃不完的，硬把末后的一样取消了事。这饭馆的作风很特别，常给顾客钉子碰，出名的原因恐怕一部分也由于此。

绍兴的农民一样的受封建社会的压迫,却多少存留着倔强气,虽然俗语有太太生日阿寿拜,阿寿生日拜太太的话,事实上并不像北方的打千磕头,只说一声恭喜,拜寿哦,就算拜了。讲话也率直无文饰,对称都是一样,但如上文所说的店主父子,在国民党的首都开店,仍保存山村的古风,这却也是很难得的,可以说是畸人了吧。

1950 年 8 月 31 日载《亦报》

锅块

老朋友东阳仲子是吴兴籍,但是生长在陕西,他吃面食最喜欢锅块,这和爱吃糯米与我都是同志,虽然我是纯粹的江东人。锅块的特色是用硬面的,其次是厚实大块,往往直径一二尺,厚有二三寸,快刀切下一方来,着实耐咀嚼。普通面制品多用软面,不是发酵便起酥,或蒸或烙了吃,硬面是不发酵的,搁的水也较少,又是烤制,所以不愧一个硬字,这自然在锅块为甚,硬面馒头也是蒸的,硬面饽饽都是小个,就没有什么难吃的地方。犹太人过逾越节吃无酵饼,据《出埃及记》第十二章说,他们用埃及带出来的生面,烤成无酵饼,这生面原没有发起,因为他们被催逼离开埃及,不能耽延,也没有为自己预备什么食物,这饼大概也是硬面的锅块一类的东西吧。在吃惯了面包的人吃这种粗制的饼自然觉得不好,全是一种纪念落难的意思，但是中国北方却是民间的常食，朴实可喜，我虽是吃过望江楼候口馒头（北方应称包子）的人，但实在愿意给它作义务的宣传。

1950 年 12 月 13 日载《亦报》

萨其马

北京到了冬天,萨其马和芙蓉糕便上市了。《燕京岁时记》云:萨其马乃满洲饽饽,以冰糖奶油合白面为之,形如糯米,用不灰木烘炉烤熟,切成方块,甜腻可食,芙蓉糕与萨其马同,但面有红丝,艳如芙蓉耳。现在南方也有这点心了,小时候在乡下听说同馥和新制有满洲点心,其时约在光绪二十几年,北京自然早有了吧,但以前的文献上也还找不到什么记录。我想这与北京新年所用的蜜供不无关系,《岁时记》云形如糯米,殊不得要领,其实是细细的面条上面着糖蜜堆积而成,与蜜供的性质大略相近。蜜供用面切细方条,长一二寸,以蜜煎之,砌作浮图式,中空玲珑,大小高低不等,五具为一堂,岁暮祀神祭祖用充供果。这是南边没有的东西,但仔细看去,也并不全是面生,家乡喜果中有金枣、珑缠豆,后者是白豆包糖,前者如《越谚》所说,粉质芋心,炸胖洒糖,颇有点像放大的碎蜜枣。古书中的寒具，也似乎是这一类的东西，北京现有蜜麻花，即是油馓子外涂蜜，吃时要沾手，恐怕是蜜供与萨其马这一类中历史最古的老辈吧。

1950 年 12 月 14 日载《亦报》

第五輯

窝窝头的历史

北方杂粮以玉米为主,玉米粉称为棒子面,亦称杂和面。因为俗称玉米为棒子,故得此名。南方人不懂,故有误解。从前的小说上,说穷苦妇女流着眼泪,把棒子面一根根往嘴里送。玉米面中掺和豆面在内,故称杂和,其实这如三七比例的掺入,就特别显得香甜,所以不算是什么粗粮,不过做成窝窝头,乃有似黑面包,普通当作穷人的食粮罢了。南方如浙东台州等处,老百姓也通常吃玉米面,却称作六谷糊。光绪丁酉年距今刚刚一周甲,我住在杭州,一个姓宋的保姆是台州人,经常带来吃,里边加上白薯,小时候倒觉得是很好吃的。普通做了饼来吃,便是所谓窝窝头,乃是做成圆锥形,而空其中,有拳头那么大,因为底下是个窝,故得是名。老百姓吃这东西,大概起源很早,历史上找不着记录,当起于有玉米的时候了。本来这些事用不着努力去找它的缘起,现在不过如偶尔找到一点记录,知道在什么时代已经有过,那也未始不是很有意思的事吧。

窝窝头起源的历史是不可考了，但我们知道至少在明朝已经有这个名称，即是去今有三百多年的历史了。李光庭著《乡言解颐》卷五，载刘宽夫《日下七事诗》，末章中说及"爱窝窝"，小注云，"窝窝以糯米粉为之，状如元宵粉荔，中有糖馅，蒸熟外糁薄粉，上作一凹，故名窝窝。田间所食则用杂粮面为之，大或至斤许，其下一窝如白而覆之。茶馆所制甚小，曰爱窝窝，相传明世中宫有嗜之者，因名御爱窝窝，今但曰爱而已。"照这样说，爱窝窝由于御爱窝窝的缩称，那末可见窝窝头的名称在明朝那时候已经有了。这也就是说，农民用玉米面做这种食品，用这个名称，也已经很久了。

天下事无独有偶，窝窝头的故事还有下文。北海公园有一家饭馆名叫"仿膳"，是仿御膳房的做法的意思。他们的有名食品里边，便有一种"小窝窝头"，据说是从前做来"供御"的，用栗子粉和入，现在则只以黄豆玉米粉加糖而已。所以北京市面上除真正窝窝头以外，还有两种爱窝窝与小窝窝头，留下一点历史的痕迹。"窝窝头"极是微小的东西，但不料有这么一段有意思的历史，可见在有些吃食东西上如加以考究，也一定有许多事情可以发现的。

1957年10月16日载《新民报晚刊》

中华腌菜谱

〔日本青木正儿原作〕

【这是日本汉学者青木正儿所著。青木著作有《中国戏曲史》,已译成中文,所以在中国也颇闻名的。前在京都帝国大学任教,现已退休,今年七十六岁了,还在著书,都是关于中国的,我所得到的有这几种,如《华国风味》、《中华名物考》和《酒中趣》,都是很有趣味的著作。今译其《华国风味》中的一篇,原名只是腌菜谱,为得明白起见特加二字曰中华,是昭和二十二年(1947)所写,距今已是十六年了。槐寿译竟记。】

一、榨菜

以我的很浅的经验来说,中华也有相当可以珍重的腌菜。我最先尝到的,是北京叫做榨菜的东西。上海称它作四川萝卜,所以这似乎是四川的名物,可也不是萝卜,乃是一种绿色的不规则形状的野菜,用盐腌的,正如名字所说,是经过压榨,咬去很是松脆,掺着青椒末什么,有点儿辣,实在是俏皮的。

我初次知道这个珍味，是在初临江南的时候，在上海的友人家里，作为日本料理的腌菜而拿出来的。自此以后深切的感到它的美味，乃是后来在北京留住，夏天的一日里同了同乡友人到什刹海纳凉，顺便在会贤堂会饮的那时候。油腻的菜有点吃饱了，便问有没有榨菜？跑堂的连答了三声"有有有"，他拿了从冷藏库里刚取出来冰冷的，切碎的碧绿鲜艳的一碟，很可以下酒。以后到来的几样菜都叫堂馆拿走了，老是叫要榨菜，要了好几回，这才痛饮而散。

二、虾油黄瓜

我从朝鲜经由满洲到北京去的路上，想起来是在山海关左近的一站，有一种什么东西装在小小的篓子或是罐里，大家都在那里买。虽然不知道是什么，想来总是北方名物吧，我也是好奇，便也买了一个。木刻印刷的标签上，看不很清楚的写着"虾油玉爪"。虾的油是什么东西呢？至于"玉爪"，更加猜不出是什么了，心想或者是一种盐煮的小虾米吧。便朝着篓子看，同车的日本人也伸过头来看，说这是什么呀。答说也不知道这是什么呢！说是不知道就买了么，便大笑一通。

到了北京之后，打开盖来看时，这却很是珍奇。是一种盐渍的还不到小手指头那么粗的黄瓜，满满装着，像翡翠的碧绿。要得这样一篓——说是篓却是内外都贴着纸，涂过防水的什么东西——小黄瓜，以我们日本人的常识来说，不知要从几百株的藤上去采摘,而且这样小的黄瓜除了饭馆里用作鱼生什么陪衬,才很是珍重地的来加上一两个,算是了不得。于是才知道,从前认做"玉爪"的原来是"王瓜"之误,便是日本所谓黄瓜。虾油者似乎就是盐腌细虾,腐烂溶解的卤汁。后来留心着看,此物常往往用作一种调味料,譬如我们叫做成吉思汗料理的烤羊肉,就必须用此,但是因为有一种异样的气味,所以对于日本人是不大相宜的。用了这种卤汁浸的黄瓜,味道很咸,不能多吃,但是当做下酒的菜却是极妙的。回国后过了十多年,偶然有一个在上海的友人,托人带了两瓶这东西给我,我很高兴能够再尝珍味,赶紧拿来下酒,可是比起从前在路上所买的,却没有那新鲜的风味,不觉大为失望。现今想起来,觉得那时胡乱买得一篓,真是天赐口福了。

三、笋干冬菜

从九江走上庐山,再从山的那一面下来,住在海会寺里,当地山僧拿出来佐茶的有一种笋干,很觉得珍奇,便拿来尽吃。到了第二天出发的时候,和尚在一个旧坛里取出那笋干五六根,包上藏在同一坛内的盐腌的干菜叶,上面再包上荷叶,送给我道:"这样用干叶包着,存放到什么时候,都不会变味,而且这菜也可以吃。"我把这包珍重的拿回日本,对着二三友人常骄傲地说,这是庐山寺里所制的名物,市场上没有得卖的东西,足以称作珍中之珍。这是怎么做的?因为言语不很能相通,不曾问得。好像是用嫩笋盐煮了,随

后晒干,拿来细切后闲吃,有一种说不出的风味,是茶人所喜欢的一种食品。【译者按:讲究茶道的风雅人称为茶人。】

按清顾仲清《养小录》里笋油这一条里说,南方制"咸笋干"的时候,其煮笋的汁因为使用旧的,所以后来简直同酱油一样,而且比酱油还要好,山僧每常使用,外边极少能够看见。那么这笋似乎先用盐水煮了晒干,和腌菜略有不同,但是煮汁比酱油更鲜,这笋的所以如此鲜美,正是当然的了。

上面所说包笋干的那种干叶,在南方乡下的茶店里,也有拿出来佐茶的。在北京也有这种同样的东西,称作"冬菜"。不过南方用青菜所做,北方乃是用白菜罢了。北京把它细切,在吃一种名叫馄饨的面食的时候,用来做作料,嚼起来瑟瑟作响,很好吃的。

从前我们京都北边鞍马的名物有"木芽渍"的一种食物,从古代镰仓初期的显昭的《拾遗抄注》,直到江户时代都散见菜谱,似乎很是有名。但是不知何时却废止了,现在只能买到一种并不高明的土产品,叫做"木芽煮"了,实在是无聊得很。据雍州府的酿造部里说,这木芽渍是在春末夏初,采取通草叶、忍冬叶和木天蓼叶,细切混合了,泡盐水内随后阴干的,大概与北京的冬菜有相似的风味,而材料是用的野菜,想必更是富于野趣的了。

四、泡菜酸菜酱菜

腌白菜最有滋味的,要算是北京"泡菜"。这是用白菜为主,和其他菜蔬,泡在和有烧酒的盐水里,雪白的白菜配着鲜红的辣茄,装在盘里很有点像京都的"千枚渍"的模样,味道清雅,宜于送饭,也宜于下酒,风味绝佳。

白菜做成的珍品,北京还有一种"酸菜"。这略为带有一种酸味,可是里边并不用醋,似乎是同京都的"酸茎"的做法一样,盐水泡后,自然发酵成为酸味,但是这不像酸茎的用重物压着,柔软多含汁水,大概是泡在盐水里的缘故。平常吃"火锅子"的时候每用这个,煮了也仍是生脆,比吃煮熟的白菜在味觉触觉上都感到更为复杂,很有意思。

河北省保定的酱菜也是名物,可是盐味太重,吃了觉得嘴都要歪了,还不如京郊海甸村所出产的来得味道温雅。北方酱菜大概都像我们的"福神渍"似的切碎了再腌,好像是装在粗布口袋里去腌的样子。然而长江沿岸九江地方的名物酱萝卜,都是同日本一样的用整个腌,其萝卜像小芋头似的小而且圆,看了也很可爱,味道也和日本的相似。日本的酱菜大概是古时的留学僧人学来的美妙制法。实在北京也有同样的物品,不过猜想这或者是从南方运来的也未可知。

五、酱豆腐糟蛋皮蛋

酱菜里边最是珍奇的是"酱豆腐",便是豆腐用酱制成的了。
【译者按:这种酱豆腐,所指的是别一种,实际乃是北京所谓臭豆腐。】外皮赤褐色,似乎是腐烂了的,内中是灰白色,正像干酪(cheese)稍为软化一点的样子,有一种异臭,吃不惯的很难闻。但是,味道实在肥美,仿佛入口即化,着舌柔软,很是快适。从各方面看来,这可以称为植物性蛋白质的干酪吧。吃粥的时候这是无上妙品,但当作下酒物也是很好的。和这个同类的东西,还有糟豆腐,就是豆腐用糟制的。这在材料的关系上带着甜味,也没有那样臭味,只有酒糟的气很是温雅,但是当下酒的菜来看,或者还是取那酱豆腐吧。

糟制食品里可以珍重的是"糟蛋"了。这是用鸭蛋糟渍,外观和煮鸭蛋没有什么两样,但是一用筷子去戳,壳是软当当的随即破了。里面粘糊糊的,像是云丹(海胆黄)似的溶化了的蛋黄都流出来了。用筷子蘸了来吃,味道也有点像云丹,甚是鲜美,不觉砸舌称美。

说起糟蛋,势必连到"皮蛋"上去。皮蛋一名松花蛋,在日本的中华饭馆也时常有,蛋白照例是茶褐色有如果冻,蛋黄则暗绿色,好像煮熟的鲍鱼的肉似的。据说,是用茶叶煮汁,与木灰及生石灰、苏打同盐混合,裹在鸭蛋的上面,外边晒上谷壳,在瓶内密封经过四十日,这才做成。我想这只有酒曲店或是做豆豉的老板,才能想出这办法来,总之不能不说是伟大的功绩了。不晓得是谁给了松花的名字,真是名实相称的仙家的珍味。北京的皮蛋整个黄的,不是全部固体化,只是中间剩有一点黄色的柔软的地方,可以称为佳品，因此想到是把周围的暗绿色看做松树的叶，中心的黄色当做松花，所以叫它这个名字的吧。此外还有一种"咸蛋"，是煮熟的盐腌鸭蛋，但是很咸，并不怎么好吃。但是将鸡鸭蛋盐腌了，还想出种种的花样来吃，觉得真是讲究吃食的国民，不能不佩服了。

六、腌青菜

在江南作春天的旅行，走到常熟地方那时的事情。从旅馆出来，没有目的地随便散步，在桥上看见有卖腌青菜的似乎腌得很好。这正如在故乡的家里，年年到了春天便上食桌来的那种青菜的"糟渍"，白色的茎变了黄色，有一种香味为每年腌菜所特有的，也同故乡的那种一样扑鼻而来。一面闻着觉着很有点怀恋，走去看时却到处都卖着同一的腌菜。这是此地的名物吧，要不然或者正是这菜的季节，所以到处都卖吧，总之这似乎很有点好吃，不觉食欲大动，但是这个东西不好买了带着走吧。好吧，且将这个喝一杯吧，我便立即找了一家小饭馆走了进去。于是将两三样菜和酒点好了，又要了腌菜，随叫先把酒和腌菜拿来，过了一刻来了一碗切好了腌菜，同富士山顶的雪一样，上边撒满了白色的东西。心想未必会是盐吧，便问是糖么？答说是糖，堂倌得意的回答。我突然拿起筷子来，将上边的腌菜和糖全都拨落地上了。堂倌把眼睛睁得溜圆的看着，可是不则一声的走开了。我觉得松了一口气，将这菜下酒，一面空想着故乡的春天，悠然的独酌了好一会儿。

有一回看柳泽时候淇园的《云萍杂志》，在里面载着这样的故事：飞喜百翁在招待千利休的时候，拿出西瓜来在上边撒上砂糖，利休只吃了没有糖的地方，回去以后对门人说，百翁不懂宴飨人的事情，他给我吃的西瓜，却加了糖拿出来，不知道西瓜自有它的美味，这样做反失去了它的本意，这样说了便很想发笑。我读了想起在常熟酒店里的一幕，不禁惭愧自己的粗暴行为，但是西瓜加糖假如是蛇足，那么腌菜上加糖岂不更是蛇足以上的捣乱么？若是喜欢吃用酒糟加糖腌了的甜甜蜜蜜的萝卜所谓浅渍者，东京人或者是难说，但是在喜欢京都的酸茎和柴渍的我，却是忍耐不住的觉得不愉快了，况且这又是当作下酒的东西的时候乎。

七、白梅

可是我近年来在梅干上加糖来吃，也觉得有滋味了。【译者按：这一节似乎是出了题，因为中国腌菜里没有梅子这东西，但是著者因为腌青菜加糖这事顺便说及，故今亦仍之。所谓梅干是指日本的盐渍酸梅，乃是一种最普通的也是最平民的日常小菜，平常细民的饭盒除饭外只是一个梅干而已。】这个因缘是因为我的长男住在和歌山县的南部，北方乃是梅子的产地，时常把地方的名物"封梅"，去了核的梅子用紫苏叶卷了，再用甜卤泡浸，带来给我，偶尔佐茶，那时起了头。随后因了砂糖缺乏，封梅不再制造了，但是那种甘酸的味道觉得不能忘记，只在平常的梅干上加点白糖，姑且代用。这种味道的梅干,从前我在苏州也曾吃过。在拙政园游览,因为无聊去窥探一下叫卖食物的人的担子,夹杂在牛奶糖小匣中间,有一种广东制品记着什么梅的。便去买了打开来看时,里边是茶褐色的干瘪的小小梅子,吃起来酸甜多少带有盐味,很是无聊的东西。那里的梅干有好吃的,就是在日本的中华饭馆里也时常拿出来的东西,即是"糖青梅",颜色味道都好,那的确是好吃。

日本人的对于梅干与泽庵渍【译者按:一种盐腌的长萝卜,福建有所谓黄土萝卜,用黄土和盐所腌,盖是一样的东西,泽庵是古时和尚留学中国,所以是他从中国学去的。】的嗜好实在根深蒂固,从前所说给海外居留的本国人送去木桶,有相当数量,我到北京以后,和在住的同乡一同吃饭,就特别供给泽庵渍,像是接待新来客人似的。我在中国的时间偶然感冒躺了两天,喝着粥的时候也怀恋起梅干来,叫听差到东单楼的日本店里去买。下粥的菜酱豆腐和酱菜也是很好,梅干的味道却又是特别的。在中国似乎没有像我国那样的有紫苏的梅干,有一种不加紫苏用盐渍的叫做"白梅"从古以来就制造着,也使用于菜料,这个制法也传到我国。紫苏是制造梅酱时这才加入,从古昔到现在都是如此,清初康熙年间的《养小录》卷上,《柳南随笔》续编卷三和近时世界书局的《食谱大全》第九编所记梅酱制法,虽然有点小异,可是加紫苏的一点却是一致的。那么现行我国的梅干制法,乃是将这里白梅和梅酱的制法合并了制造出来的东西,那么源虽是出在那边,可是可谓青出于蓝的佳品吧。我国古来的文化亏负大陆的地方很多，可是加以修改做出优秀的我国的文化来却有很好的智慧，这就是在小小的梅干上也看得出来，实在是很可喜的。

八、菜脯

在中国没有听见过用盐加在米糠里腌的东西，泽庵渍这种东西的原本似乎也是没有。然而在萨摩地方【译者按：在日本南端，向来与中国闽广有往来】，却有与泽庵渍类似的叫做"壹渍"的异样的渍物。尝在那地方出身的人的家里遇着这种食物，觉得珍奇，问其制法，大略是萝卜盐腌日晒，放在簟上揉了又晒，揉了又晒，装在瓶里封好放着。想起来好像是传授了浙江或是福建那边的"菜脯"的做法。这在《八仙卓式记》(《故事类苑》饮食部食卓料理条下所引)里记清国人吴成充(像是船主)在船里招待金石衙门(像是通事即翻译)时的菜单，在"小菜八品"之中有菜脯，附有说明如左：

"菜脯——在冬月将萝卜一切四块，用盐腌一宿，次日取出晒干，放在簟上熟揉，又放入桶里，上边撒盐，次日取出照常的做，如是者四万日，瓶底敷稻草，搁上萝卜排好，再加稻草，同样加上几重，乃加盖封口，隔些日子取食，用法与此地的小菜相同。"

这个制法比我所听到的壹渍的说明，还要说的委曲详尽，那么萨摩壹渍的所本也就明白的可以看出是在这里了。原来从前萨摩是介在琉球中间，把中华的事物种种传来日本的地方。明和年间

（1764—1771）萨摩藩主岛津重擅长华语，著有《南山俗语考》五卷，讲解中国语，刊本至今尚存。宽政（1789—1800）年间的《谭海》卷八说起"狗子饭"，便是将米装在小狗的肚里整个烧熟了，曾经盛行过这样的中国料理，也曾进呈藩主，所以那地方与中国事物的交涉相当密切，现在我猜想这菜脯的制法传到了萨摩变成壹渍的想法，也绝不是牵强附会的吧。

与这个相类似的渍物在我内人的乡里山口县宇都市也有，叫做"寒渍"。其制法是把萝卜盐腌了晒干，用木捶打了再晒，打了再晒，等到扁平了装入瓶内贮藏。从前据说是用草席包了用脚踏的，其制品可以保存几年，在新的时候作浅茶褐色，日子多了渐渐变黑，软而且甜。这样制法与壹渍稍稍有不同，其归趋则一，是传来的萨摩制法呢，还是别有所本呢，未能详知。但这也是一种菜脯，我平常很喜欢吃，常常从内人的乡里或是亲戚那里送了来，三十余年未曾断过，这是寒厨的珍味，吃饭下酒以及佐茶都常爱吃。年数浅的拿来切了，酱油加上酒或是凉开水制成一种汁蘸了来吃，咬去松脆，是酒肴的妙品。年月多了变成漆黑柔软甜美的，就是那么切了，也是佐茶的奇品，足以供利休的党人吃一惊吧。这里且将我"自家做的酱"【俗语：自己夸说自家做的酱】，来做这腌菜谱的结束吧。

1963年2月10日至23日载香港《新晚报》

日本人谈中国酒肴

〔日本青木正儿原作〕

  酒为天之美禄,百药之长,乃是从原始时代以来给予人间的最上的饮料。不单是人类,就是猿猴也享受这种滋味。在日本走到深山里去,听说往往有一种叫做猴酒的,中国四川云南的山地也有这种酒,称做猢狲酒或是猴儿酒,本地人欺骗猴子,取了来喝,有些故事载在清朝人的随笔《秋坪新语》卷十一和《蝶阶外史》卷四上边。日本万叶歌人大伴旅人的赞酒歌里,有一首歌道:"很是难看装作聪明的不喝酒的人,仔细看时似是猴子。"嘲笑那量窄的人,其实是连猴子还不如呢。但是道不同不相为谋,也不必去嘲笑那不会喝酒的人,这正如李白所说,"但得酒中趣,勿为醒者传。"也就算了。

  现今在中国通行的酒大概可以分别为黄酒与烧酒两种。黄酒可以比日本的清酒,经过年数愈多愈好,通称叫做老酒。烧酒即是日本的烧酒,俗称白干,所谓白乃是黄酒之黄的对称,大抵以酒的颜色得名,但是干的意义仍未能详。黄酒以糯米为原料,为南方人所好，烧酒乃是以粟或高粱为原料，是北方人所爱吃的东西。黄酒比日本的清酒大概酒精分量微弱，适于我辈的饮用，烧酒则比较琉球的泡盛还要猛烈，像我们这种虽然爱喝却是量不很多的人，便有点受不住了。烧酒以山西省太原的汾酒最为著名，盖是一种高粱酒。宋朝宋伯仁的《酒小史》里列举名酒当中，有"山西太原酒，汾州干和酒"这两种，原来汾州（即现今汾阳县，在太原的西南），是汾酒的出产地，干和的干与白干的干，恐怕在意义上有什么关联吧。又唐朝李肇的《国史补》卷下列举著名的酒中，也有"河东（即现今山西）之干和葡萄"，可见这是很古就有名了。

清朝袁枚的《随园食单》里在茶酒单中，评汾酒的特性说得很有意思，他说：

既吃烧酒以狠为佳，汾酒者乃烧酒之至狠者也。余谓烧酒正犹人中之光棍、县中之酷吏。欲打擂台非光棍不可，欲除盗贼非酷吏不可，欲驱风寒，消积滞，非烧酒不可。……如吃猪头、羊肉、跳神肉之类，非烧酒不可，亦各有所宜也。

所说跳神肉乃以白汤煮猪肉，盖巫在神前跳舞谓之跳神，此风据说现今尚行于满洲，其时供于礼前的牺牲就称作跳神肉了。关于这个风俗，清朝礼亲王的《啸亭杂录》卷九说的很是详细。据他所说在祀神三天以前，每天早晚将牲二头供神，而《随园食单》里白片肉这一条里，有"满洲跳神肉最妙"的话，可见跳神肉即是白肉，用白汤将猪整个煮熟的了。近人著《梵天庐杂录》卷三十七吃白肉一条里也说,满洲人尚吃白肉。前清时宫中朝贺时亦必用此肉。这样看来跳神肉乃是满洲料理,所以与满洲通行的高粱酒很是适合的吧。正是同一道理,关于烤羊肉有些内行人也是这样批评,在日本人中间不知是谁给起的,烤羊肉称作成吉思汗料理,乃是一种蒙古吃法,北京在前门外肉市的正阳楼以此出名。这是用柳木当柴,上设铁架,把羊肉浸在酱油虾油与韭叶混合的卤汁里,且烤且吃的,据说吃的时候假如不喝烧酒是吃不出它的真的味道来的。我从前在北京寄住时,曾经从旅行山西太原的友人得到一瓶汾酒,尝了来看,在不曾喝惯烧酒的嘴里只觉得非常猛烈,简直不懂它的好处何在。但是看了那种山西人喝烧酒的酒杯,却是很中意了。这是直径一寸许的小杯,后来到大同的石佛寺住宿的时候,借了来喝威士忌,便要了一个带回去了,心想用了这个斟上强烈的家伙,慢慢的舔,习惯了时那也别有风味吧。

属于黄酒系统的东西,以浙江省绍兴的酒为第一。现在是绍兴为老酒的真正产地,但是在清朝的中期以前,似乎还不怎么有名。就管见所及说来,在乾隆年间袁枚的《随园食单》上说,"今海内动辄行绍兴,然沧酒之清,浔酒之冽,川酒之鲜,岂在绍兴之下。"这个品评算是最早的文献,照袁枚的口吻说来,是在这时候绍兴酒崭然露头角,此外竞争者也还不少,似乎还未足以称霸于天下的样子。到了嘉庆道光年间,梁绍壬著《两般秋雨庵随笔》卷五里说:"绍兴酒通行各省,吾乡(杭州)称之者直曰绍兴,不系酒字,可谓大矣。"称述它的盛行。又同时梁章钜著《浪迹续谈》卷四里说:"今绍兴酒通行海内,可谓酒之正宗,然世人往往嘲笑之,以为名过其实,与普通之酒别无不同,而贩路遍天下,远达新疆,正以为异。平心论之,其通行之故殆由别无他种之酒足与颉颃者,盖绍兴之人造之亦不能得此良品。其行于远方之理由,则由于对于远方特别发送佳酒,余在甘肃广西宦游中所经验之绍兴酒皆甚为味美,闻更至远方则愈益佳。"由此看来,在嘉庆年间起绍兴酒始以可惊的势力推广于各地,至于此机运俄然到来的原因,或者如梁章钜所说的那样,由于一种商略,即运送优良品于外地的缘故吧。绍兴的水因适于做酒,但这事在以前原是如此,当然不是近来才有的吧。

绍兴酒的最上品据说是叫做"女儿酒",即如《两般秋雨庵随笔》卷二的"品酒"条下,他先叙述在嘉庆十八年游云林寺的时候所尝到的山僧酿造的陈酒之美,随后又说:

此外当推山西之汾酒潞酒,但是强烈不为南人所尚,于是不得不推绍兴之女儿酒矣。女儿酒者,在其地女子生时酿此酒,出嫁时始开坛用之,以是各家秘藏决不卖于人。平常称作女儿酒,用花坛满盛出卖之酒皆赝物也。近来酿此酒之家亦渐少矣。

《浪迹续谈》卷四亦云:

绍兴酒之最佳者名女儿酒。相传富家生女,即酿酒数瓮,俟其女出嫁时与之,已经过十许年矣。其瓮大率施以彩色模样,称为花雕。近时多有伪作,以凡酒装入有花样之酒瓮,用以欺人。

现今说绍兴酒的上等者莫不推举花雕,成为常识,其由来实如上所说。但是现在所谓花雕已经没有真的女儿酒,而且就是这样的叫也并无此等意思了,可是酒瓮却是照例有那彩色模样,实在这种风气晋朝已经行于南方,也不是在近代在绍兴才有的。晋朝嵇含著有《南方草木状》,记录现今的广东广西以及印度支那方面关于草木的见闻,其卷上说南人有女子到了几岁的时候,大量酿酒,装瓮内埋藏地底,等到女儿出嫁时候拿出来供应宴客,叫做"女酒"。袁枚的《随园食单》里也说在江苏溧水县有这种风俗,但是在那地方这叫做什么酒,却没有说及。

【译者附记:上面引用的中国书籍,因为手边没有原书,所以没有抄录原文,却是转译出来,写作文言的。花雕现在是绍兴酒的通称,但是这只行于外地,在本乡是不通用的,范啸风著《越谚》卷中饮食项下,老酒下细注里有云:"又有花雕酒,其坛有花,大倍于常,娶聘时无论贫富皆所必用。"平常酒坛是五十斤装,花雕则是一百斤,四面有些浮雕,用的时候另用彩油描画,男家送给女家用的,通常是两坛,但是这种风俗大约在民国就废止了。花雕里的照例只是"凡酒",因为那时谁也没有把这些礼物当作贵重东西的。】

讲起往年我游绍兴的时候,曾经有过三个愿望。其一是看那唐朝的贺知章从玄宗得来的镜湖,其二是探明朝的徐文长住过的青藤书屋的遗迹,其三是喝最上品的绍兴酒。但是其一因为我的认识不足而失败了,走去一看并没有湖,那湖是早已干了变成了田,只有地名留着罢了。其二是因为信任《两般秋雨庵随笔》的说法,说是在城东的曲池,走去看时曲池的确是有的,可是没有书屋的遗迹,寻问当地的故老,才知道完全错了方向,乃是在水偏门内前观巷的陈氏宅内。至于其三,虽然当时已经断望,觉得难喝到真的女儿酒,可是幸而得喝着了可以与这相匹敌的陈酒了。

大正十五年(1926)我在作第二次的江南春游的时候,从普陀山经由宁波而入绍兴,那天晚上就出去搜寻酒家。可是在旅馆近傍就有叫做章东明的一家酒铺,据从上海友人家里借给我的那个仆人兼翻译的话,说这酒家在上海也有分店,是颇有名的。于是随即登楼,店里备有酒菜,乃是很小的虾用酱油干煮,以及带壳豌豆油盐瀹熟的,此外的菜可以到外边去叫。我就根据常识叫拿特别上等的花雕来,菜也适宜的叫了。选用碧绿的豌豆和黑色的小虾开始喝酒,酒很芳烈浓厚,酒味之美为从前在北京上海都没有尝过。酒菜很适口,愈加增添酒味。在这前一年里曾在北京的一家饭馆里,陪了狩野先生参加过一次北京大学教授们的招待宴,有一个绍兴出身的某君保证说,这里的酒是北京要算顶好的,所以特地为我挑了这家饭馆,可是拿来与新尝到的章东明的酒相比,觉得似乎更要单薄些的样子。绍兴人说,在本地的酒还不及到北京来的好,这样的话也在这席上听到了。这个盖正同日本的说法一样,说伊丹的酒经过远州滩的风浪,摇动了好久,未到江户就变好了,其实是船户在途中偷酒吃,灌进了水去,所以酒就显得柔和了,都是同样的隐藏着一种欺骗行为吧。在日本偷酒的方法,将木桶的竹箍稍为落了一点,那里用锥钻一个眼,偷取之后再将杉木筷子钉好空隙,又将竹箍照旧弄好。以我的经验来说,利用空酒桶腌菜类,就可发见那样的痕迹。中国也有同样的用锥刺瓮取酒,随后将水灌进去,假充花雕的事,见于《痕迹续谈》的绍兴酒这一条里。

【译者附记:这里青木氏说的不很清楚,仿佛北京大学招待宴的时候有一个绍兴人在场,这里应该申明,招待狩野青木是留学京都大学的人们的事,所以绍兴出身的某君并不是我,至于那是谁呢,因为本文里不说明,所以也不能知道了。】

在这个时候和没有文化的通译对饮,很是无聊,便先给他吃饭,叫他回旅馆去了,独自慢慢地喝着酒,心想一定还有更好的酒吧,把这意思告诉了堂倌,店伙出来说道,有是有的,但是现在却拿不出来。问叫做什么名目,在我的笔记本上写道"善酿"。这边所要求的当然是这善酿,可是单说给这种普通名词觉得不满足,大概别有什么风雅的名目,这样追问下去,他在笔记本上写的是这十几个字:"顶好善酿,二等甚酿,三等花雕。"并且说明现在所喝的便是甚酿,简直不明白是什么意思,心想或者是审酿的假借吧,这样的想也就罢了。总之我所喝的,乃是比花雕(即女儿酒)的赝品更高等的酒。有点醉起来觉得高兴,听了讲酒的话更是高兴了,就点了一种菜。这乃是虾球鸡腰,据商务印书馆所编集的《中国旅行指南》说,这是绍兴的著名料理。店伙并不知这样的东西,但是据他说,这里的主人很知道绍兴的事情,现今出门去了,等他回来且问他去。又说我若是明天能来,就拿出善酿来等着。于是我便约明天再来,醉步蹒跚的回旅馆来了。

【译者附记:范寅的《越谚》里记载着:"老酒,在家名此,出外曰绍兴酒。大抵饭多则力厚味醇,曰加饭酒。加饭则加重,可运京不坏,曰京庄酒,内地运粤路更远则双加重,名广庄酒。"普通在市面上的名称,则因酒的颜色计分两种:一曰竹叶青,色青微黄;一曰状元红,色黄赤,本地人不很喜欢它。这是从前的情形,直至民国初年,大约是一九一四年左右,才有一种所谓善酿酒上市,那时我还在绍兴城里,买了来喝,觉得味稍醇厚,无非就是加饭则力厚味醇罢了,但是有点甜味,不是什么上品。善酿这个名称乃是当时的一种商标的名目,店伙在笔记本上所写原是不大可靠,不但所谓甚酿不知道原来是什么了。《旅行指南》上说的虾球鸡腰,也是"海派"的东西,从前不曾听见过,大概是专门为的欺骗旅行的外地人而创造出来的吧。虾球原是有的,如本文里所说,乃是一种北京所谓高丽炸的东西,里边用一点虾仁。鸡腰也是绍兴的名菜,因为那里常把雄鸡阉割了养作"刬鸡",所以市上有鸡腰这东西出售,味道也很不错。可是却没有把这两样便是虾仁和鸡腰弄在一起的,而且虾球乃是油炸,鸡腰禁不起猛火,这真是卤莽灭裂的做法了。但不知道这种吃法现在还有否,因为青木氏写这篇文章已经是十八年前,现在距离他游绍兴的时候正是三十八年了。】

第二天游览回来，叫通译在旅馆里用饭，我独自走到章东明酒店里。那店伙立即上来，说做那料理的店是知道了，但是路很远，做起来又很费工夫，在今天里来不及了。那么明天晚上也行，就叫他做了一份来，今晚便斟酌叫些下酒的菜好了，店伙答应着下去了。过了一会儿堂倌把所谓善酿和照例的小虾与带壳豌豆送了来，慢慢地喝着，比昨天的更是浓厚，倒在酒杯里几乎要满出来，芳醇且美，的确可谓善酿。那个店伙第二次上来，据主人说，那样菜特别定做，分量非常的多，一个人无论如何是吃不完的，这样也不妨事么？好吧，就尽量的吃了来看吧，给我定做好了，我就这样约言定了。我称赞善酿的好，问这贮藏了几年了，答说是三十年。我再问在这里有贮藏着更陈的酒的店铺？说是再也没有了，听说在杭州有人家藏着一百年的陈酒，但是却没有看见过。随后再说了两三句客气话，他就下楼去了。昨天的酒和今天的酒都很容易醉。我的酒量是在北京可以吃三斤老酒，在这里也是这个打算，可是觉得很是好吃，昨天喝了三斤竟尔大醉了。中国的一斤不到日本的三合，通译不会喝酒，只吃了两三杯，那么我是喝了有八合左右。普通老酒比起日本酒来，酒精成分大抵要少一点，这个酒却似乎和日本酒差不多一样的强，所以在那一天便只要了二斤就算了。

第二天晚上终于把虾球鸡腰定做来了。这是装在好几个人吃的"生鱼裹饭"的大盘里，像蓬莱山似的放着一大块的"天麸罗"（油炸东西），看了不禁惊异。仔细看时，这是去了皮的小虾的球，在天麸罗的立体当中散乱充满着，而这通过了蜡包的半透明的外壳——这用普通所称的"衣"似乎不适当了——看去很是美丽。而且这也并不是散乱着，宛然像是从盘底里喷出来的样子，都是向着上方取飞跃的姿势，在上边的或可说是乘着浪头的飞鱼之群吧，或是看做因潮涨而惊起的海边的小鸟，又或者在鱼群中落下炸弹去，会出现那种的奇观的吧。所谓鸡腰，在那里边有没有，这却没有记忆了。吃了看时，外壳嚼着，好像在嚼仙台地方的"葭饴"（原注，把糖稀冻了来做，是仙台附近大河原的名产）似的瑟瑟作响，就粉碎了，可是葭饴碎了粘在牙齿上，很是不愉快，这却就此融化了。盖是北京所谓"高丽炸"之类，乃是用豆粉即是从绿豆取得的淀粉做外壳的天麸罗，这或者是用杭州西湖名物的藕粉所做的吧。做天麸罗的艺术到了这里，可以说是达到极致了。这天的菜除此以外，吃饭时只要了一个汤，就只是贪吃这个佳肴，好容易也不过吃得大半罢了。于是我就把龙宫里喷上来的虾球这样珍馐吃个满腹，从仙洞涌出来的善酿喝得烂醉，更没有什么遗憾，到第二天早上欣然的往杭州去了。

我所赏玩的善酿据店伙的话，是三十年的陈酒，这里算是有虚假，打个对折也罢。这在日本从前也是这样，中国早婚的在十五六岁便已出嫁了，有十七六年陈的酒那么算作"女儿酒"也就可以了吧。关于酒虽然似乎是不大行，可是十分讲究吃的袁随园在《食单》里讲过他的酒的经验，记着所遇见过的陈酒，有常州的兰陵酒是八年,苏州的陈三白酒是十多年,溧阳的乌饭酒也即是女儿酒是十五六年以上。《两般秋雨庵随笔》的著者自称是三十年来沉迷于酒的酒徒,其品酒一条所记三十年间曾遇见过三种好酒:第一次是只有五年的陈酒。第三次是六年的陈酒。第二次乃是特别的陈,藏了有二十年却把它忘记了的陈酒。年代久了并不是好酒惟一的资格,可是陈酒的难得遇见有如此者。那么像我那样,就是章东明店伙所说有十五年的虚假,可是能够有此幸运的遭遇,总不能不满足了。本来也有人说喝过一百年的陈酒,这样自夸的故事也曾经在书上看过,也听内行人说过。例如郝懿行的《证俗文》卷一里边,记着在他的岳母王氏家里,藏有康熙元年(1662)所酿造的酒,给他喝到了,其色如漆,用新酒掺和了喝,其味甘馨,盖已经过了一百二十年了。【按:此系郝氏在乾隆年间著书时的话,若是现在说起来,则已是整三百年前了。】那样珍贵的酒无缘落到像我们这样的过路流浪人嘴里,也不曾梦想过。只就随园所记的十五六年以上的女儿酒来说,打开坛来只剩了一半,《两般秋雨庵》所记藏了二十年忘记了的陈酒,也是减了半坛。这是因为水分给坛的内壁所吸收,发散于外部的关系,原是当然的事,但是据《两般秋雨庵》说,其色香俱美,但是味淡了,用好的新酒掺上四分之一,就香气特别发达,质地浓厚,胶着于杯底。年代多了,味道更是甘美,那是理所当然,不过没有变淡的理由,大约这或者原来是淡酒的缘故吧。随园评女儿酒说,其味甘鲜,口不能言其妙,非常称赞,这是当然的事。日本酒放在葫芦里搁着,渐渐的分量减下去,过了一二个月颜色变成了茶色,浓厚有粘性,甜味也加强了。从前酒可以自由得到【按,此指战前,文章写于一九四五年的冬天,其时酒还是配给的】的时候,我往往在书斋的柱子上挂着这种葫芦制陈酒,困倦的时候便倒一两杯来喝,是非常巧妙的方法。葫芦吸收很快,只要过半年便减成一半了。《浪迹续谈》里曾利用这个现象,作为一种方法,不要打开酒瓮,只从外边来鉴别酒的好坏。他说:"凡辨酒之法,以坛轻为贵。盖酒愈陈则愈敛缩,甚有缩至半坛者,从坛旁以椎敲之,真者其声必清越,伪而酒败者其响必不扬。"这样试法可以说是很有道理的。

绍兴酒新的时期味道有点酸,为了解除酸味的缘故,加进一点石灰去。这件事从古以来就成为对于灰酒的非难之点。如《浪迹续谈》里说:

今医师配药用酒时,必指定使用无灰酒,一般皆谓惟绍兴酒中有石灰。近以此事问诸绍兴人,曰不然,绍兴酒内不曾有灰,倘有用灰者亦只因酒味将变,以灰制止之,并非常法。辩解甚力,此言当是实情。

但是那不过是绍兴人的强辩,我曾托了上海的友人送过一坛来,明明有灰混入。又在北京时因患肠病,就诊于日本医师。问喝酒么?答说"晚酌时用绍兴酒",医生注意说:"绍兴酒里加有石灰,不惯时往往要坏肚子。"绍兴酒里加入石灰,我认为这是俨然的事实,但是那也是一点点罢了,只要安放酒瓮,就都沉淀到底里去,静静的酌取,是没有什么妨碍的。在日本熊本地方也有叫阿久毛【译者按:此为灰持酒的简称,灰持原意是含有灰的意思。】的酒,据先父的话这是加灰防腐的,年数久了便变成红色,甜味也增加了,很是好吃。我在第五高等学生时代叫它做红酒,时常买了还不大很红的便宜货来喝,可是也比普通的清酒甜味要强,很是适口的样子。我有过这种经验,所以关于绍兴酒里有石灰这件事,一点儿都不出奇。但是听说有一年,在宇治的雅游中喝了绍兴酒的石灰的事,却使我吃惊了。这是以前的大正十一年壬戌之秋某月既望,说是正当东坡游赤壁之岁,大家推戴了长尾两山先生,到宇治的万碧楼什么地方,举行赤壁会。我也收到帖子,可是因为不喜欢赶热闹所以不曾去,但是后来听人说,那时绍兴酒和食品都是从那里定购来的,弄得很是考究,可以说是盛会。但是那绍兴酒,却是成为问题。一个人问我说:"那酒是非常的混浊,这是什么缘故呢?可是也都喝了,绍兴酒是那个样子的么?"我听了,不禁大笑。想起来,这是在宴会之前刚从京都运来,因为摇动了石灰,以致变混浊了,或者是从坛里取酒时太过粗暴,所在底下沉淀的石灰泛上来的缘故吧。在这清游里配上了浊酒,东坡听见了,一定要写一首嘲笑的诗吧——有点醉了,快使酒性骂将起来了,就此搁笔了也罢。

1963年6月1日至29日载香港《新晚报》

谈宴会

偶阅横井也有的俳文集《鹑衣》，十二卷中佳作甚多，读了令人垂涎，有俳席规则二篇，系俳谐连歌席上饮食起居的约法，琐屑有妙趣，惜多插俳句，玩索久之不敢动笔。续篇上卷有一文题曰《俳席规则赠人》，较为简单，兹述其大意云：

一、饭宜专用奈良茶。当然无汤，但如非奈良茶者，则有汤可也。

一、菜一品，鱼鸟任所有，勿务求珍奇。无鱼鸟时则豆腐茄子可也，欲辩白其非是素斋，岂不是有坚鱼其物在耶。

一、香之物不待论。

一、如有面类之设，规则亦准右文。

一、酒因杯有大小，故大户亦以二献为限。

酒之有肴，本为劝进迟滞的饮酒之助，今既非寻常宴会，自无需强劝的道理。但肴虽是无用，或以食案上一菜为少，如有馈遗猎获之物,则具一品称之曰肴,亦可任主人之意。又或在雪霜夜风中为防归路的寒冷,饭后留存酒壶,连歌满卷时再斟一巡,可临时看情形定之。角觝与戏文的结末易成为喧争,俳谐集会易流于饮食,此亦是今世之常习,可为斯道叹者也。人皆以翁之奈良茶三石为口实,而知其意旨者甚少。盖云奈良茶者,乃是即一汤亦可省的教训,况多设菜数耶。鱼生鱼脍,大壶大碗,罗列于奈良茶之食案上,有如行脚僧弃其头陀袋,却带着驮马挑夫走,须知其非本姿本情之所宜有也。汉子梅二以此事为虑,请俳席规则于予,赏其有信道之志,乃为记馔具之法以赠之。

这里须得有些注释才行。奈良本是产茶的地方,这所谓奈良茶却是茶粥的别名,即以茶汁所煮的粥。据各务支考《俳谐十论》所记,芭蕉翁曾戏仿《论语》口调云,吃奈良茶三石而后始知俳谐之味,盖俳人常以此为食也。坚鱼和文写作鱼旁坚字,《东雅》云即《闽书》的青贯,晒肉作干名鲣节,铇取作为调味料,今北平商人称之曰木鱼,谓其坚如木。香之物即小菜,大抵以米糠和盐水渍瓜菜为之,萝卜为主,茄子黄瓜等亦可用,本系饭后佐茶之物,与中国小菜稍不同。肴字日本语原意云酒菜,故上文云云,不作普通下饭讲也。前篇上卷《俳席规则》一文中有相类似的话,可以参考:

"汤一菜一,酒之肴亦以一为限,卸素斋之咎于坚鱼可也。夏必用茄子,豆腐可亘三季,香之物则不足论也。"这两篇文章前后相去有二十八年，意思却还是一样，觉得很有意思。又续篇上卷中另有规则补遗三条，其第二条云：

"夜阑不可问时刻，但闻厨下鼾声勿惊可也。"此语大有情趣，不特可补上文之阙，亦可见也有翁与俳人生活态度之一斑也。

梁葵石著《雕丘杂录》七《闲影杂识》中有一则云：

倪鸿宝先生《五簋享式》云：饮食之事而有江河之忧，我辈不救，谁救之者。天下岂有我辈客是饮食人？诗云，以燕乐嘉宾之心，此言嘉宾，以娱其意。孔作盛馔，列惊七浆，作之惊之，是为逐客。然则约则为恭，侈反章慢，谨参往谋，条为食律。八馈载诗，二享广易，天数地数，情文已极。彼君子兮，噬肯我适，文以美名，赏其真率。一水一山，清音下物，髡心最欢，能饮一石。五肴，二果二蔬，汤点各二，短钉十馀，酒无算。二客四客一席，不妨五六，惟簋加大。劳从享馀酒人一斤，或钱百文，舟舆人钱五十——此式近亦有行之者，人人称便，录以示后人，不第爱其词之古也。

明李君实著《紫桃轩又缀》卷二亦有自作《竹懒花鸟檄》，后列办法，檄文别无隽语今不录，办法首六则云：

一、品馔不过五物，务取鲜洁，用盛大墩碗，一碗可供三四人者，欲其缩于品而裕于用也。

一、攒碟务取时鲜精品，客少一合，客多不过二合。大肴既简，所恃以侑杯勺者此耳。流俗糖物粗果，一不得用。

一、用上白米斗馀作精饭，佳蔬二品，鲜汤一品，取其填然以饱,而后可从事觞咏也。

一、酒备二品,须极佳者,严至螯口,甘至停膈,俱不用。

一、用精面作饮食一二品,为坐久济虚之需。

一、从者每客止许一人,年高者益一童子,另备酒饭给之。

倪李二公俱是明季高人,其定此规律不独为提倡风雅,亦实欲照示质朴,但与也有翁的俳席一比较,则又很分出高下来了。板屋纸窗,行灯荧荧,缩项啜茶粥,吃豆腐茄子和腌萝卜,虽然写出一卷歪诗,也是一种雅集,比起五箪享的桌面来,大有一群叫化子在城隍庙厢下分享残羹冷炙之感,这是什么缘故呢?据我想,这一件小事却有大意义,因为即此可以看出中国明清时与日本江户时代的文学家的不同来。江户时文学在历史上称是平民的,诗文小说都有新开展,作者大抵是些平民,偶然也有小武士小官吏,如横井也有即其一人,但因为没有科举的圈子,跨上长刀是公人,解下刀来就在破席子上坐地,与平民诗人一同做起俳谐歌来,没有乡绅的架子。中国的明末清初何尝不是一个新文学时期,不过文人无论新旧总非读书人不成,而读书人多少都有点功名,总称曰士大夫,阔的即是乡绅了,他们的体面不能为文学而牺牲,只有新文艺而无新生活者殆以此故。当时出过冯梦龙金圣叹李笠翁几个人,稍为奇特一点,却已被看做文坛外的流氓,至今还不大为人所看得起,可以为鉴戒矣。长衫朋友总不能在大道旁坐小杌子上或一手托冷饭一碗上蟠干菜立而吃之,至少亦须于稻地放一板桌,有螯鱼鲞汤等四五品，才可以算是夏天便饭，不妨为旁人所见，盖亦诚不得已耳。

宋小茗著《耐冷谭》十六卷，刊于道光九年，盖系一种诗话，卷二有一则云：

康熙初神京丰稔，笙歌清宴达旦不息，真所谓车如流水马如龙也。达官贵人盛行一品会，席上无二物，而穷极巧丽。王相国胥庭熙当会，出一大冰盘，中有腐如圆月，公举手曰，家无长物，只一腐相款，幸勿莞尔。及动箸，则珍错毕具，莫能名其何物也，一时称绝。至徐尚书健庵，隔年取江南燕来笋，负土捆载至邸第，春光乍丽则出之而挺爪矣，直会期乃为煨笋以饷客，去其壳则为玉管，中贯以珍羞，客欣然称饱。咸谓一笋一腐可采入食经。此梅里李敬堂大令集闻之其曾大父秋锦先生，恐其久而遂佚，录以示后人者，今其孙金澜明经遇孙检得之，属同人赋诗焉。

许壬瓠著《珊瑚舌雕谈初笔》八卷，卷七有"一品会"一则，首云："少时尝闻一久宦都中罢游林下者云"，次即直录上文，自康熙初至入食经，后又续云："余以为迩来富贵家中一品锅亦此遗制欤。"《雕谈初笔》作于光绪九年，距《耐冷谭》已五十四年矣，犹珍重如此，可知大家对于一品会之有兴味了。这种吃法实在是除了阁老表示他的阔气以外别无什么意思，单是一种变态的奢侈而已，收入食谱殆只是穷措大的幻想，有钱者不愿按谱而办，无钱者按谱亦不能办也。王徐与倪李的人品不可同日而语，惟其为读书人则一，

吃肉・第五辑

186

一品会与《王篯享式》、《花鸟檄》雅俗似亦悬殊，然实际上质并无不同，但量有异耳。若是俳席乃觉得别是一物，此固由日本文人的气质特殊，抑亦俳谐的趣味使然欤。

1944年9月载《秉烛后谈》

吃饭与筷子

我们平常拿起笔来写文章，讲到正式进餐，就是西洋人，也总说是吃饭，虽然想改换也换不出什么来，因为说吃面包到底在文章上是不大顺口的。其实中国习俗各地不同，何尝都是吃大米呢，馒头原也与面包差不多，可是向来称作吃饭，并没有别的说法，可见吃饭这句话在中国是统一的名称，所吃的是什么是没有关系的了。我想吃饭的特别的地方是在于用筷子。与吃面包一派的用刀叉不同，馒头与面包虽是一类，而吃时不用刀叉，所以应该归在吃饭这一类的。讲起谱系来叉与筷子也是本家亲戚，都是从手指头变化出来的，不过前者是三个指头，而后者只是两个，两个的比较三个似乎文雅一点，使用上亦较困难，可是也有便利的地方，叉必须金属制，筷子竹木均可，没有的时候就是折两根树枝来也可以代用。刀叉与筷子也不好说在文化上有什么高下，总之有这异同，用筷与用笔有密切的关系，正好拿钢笔的手势出于拿叉一样，朝鲜琉球日本安南缅甸各国之能写汉字,固然由于过去汉文化之熏习,一部分由于吃饭拿筷子的习惯,使得他们容易拿笔,我想这是可能的。中国人的吃食将来尽有许多变化,不但是欧美的面包,就是非澳各洲的东西只要适合都可加入,但吃法还可仍旧,只用一双竹筷就够了,固无须跟欧人去拿刀叉,也不必学印度用一只手专抓食吃,一只手专去擦屁股也。

1950年4月16日载《亦报》

再论吃茶

郝懿行《证俗文》一云：

"考茗饮之法始于汉末，而已萌芽于前汉，然其饮法未闻，或曰为饼咀食之，逮东汉末蜀吴之人始造茗饮。"据《世说》云：王濛好茶，人至辄饮之，士大夫甚以为苦，每欲候濛，必云今日有水厄。又《洛阳伽蓝记》说王肃归魏住洛阳初不食羊肉及酪浆等物，常饭鲫鱼羹，渴饮茗汁，京师士子见肃一饮一斗，号为漏卮。后来虽然王肃习于胡俗，至于说茗不中与酪作奴，又因彭城王的嘲戏，"自是朝贵宴会虽设茗饮，皆耻不复食，惟江表残民远来降者好之。"但因此可见六朝时南方吃茶的嗜好很是普遍，而且所吃的分量也很多。到了唐朝统一南北，这个风气遂大发达，有陆羽卢仝等人可以作证，不过那时的茶大约有点近于西人所吃的红茶或咖啡，与后世的清茶相去颇远。明田艺蘅《煮泉小品》云：

唐人煎茶多用姜盐。故鸿渐云，初沸水合量，调之以盐味。薛能诗,盐损添常戒,姜宜着更夸。苏子瞻以为茶之中等用姜煎信佳,盐则不可。余则以为二物皆水厄也。若山居饮水,少下二物以减岚气,或可耳,而有茶则此固无须也。至于今人荐茶类下茶果,此尤近俗,是纵佳者,能损真味,亦宜去之。且下果则必用匙,若金银大非山居之器,而铜又生腥,皆不可也。若旧称北人和以酥酪,蜀人入以白土,此皆蛮饮,固不足责。人有以梅花菊花茉莉花荐茶者,虽风韵可赏,亦损茶味,如有佳茶亦无事此。

此言甚为清茶张目,其所根据盖在自然一点,如下文即很明了地表示此意:

茶之团者片者皆出于碾硙之末,既损真味,复加油垢,即非佳品,总不若今之芽茶也,盖天真者自胜耳。芽茶以火作者为次,生晒者为上,亦更近自然,且断烟火气耳。

谢肇淛《五杂组》十一亦有两则云:

古人造茶,多春令细,末而蒸之,唐诗家僮隔竹敲茶臼是也。至宋始用碾,揉而焙之则自本朝(案明朝)始也。但揉者恐不若细末之耐藏耳。

《文献通考》,茗有片有散。片者即龙团旧法,散者则不蒸而干之,如今之茶也。始知南渡之后茶渐以不蒸为贵矣。

清乾隆时茹敦和著《越言释》二卷,有撮泡茶一条,撮泡茶者即叶茶,撮茶叶入盖碗中而泡之也,其文云:

《诗》云荼苦,《尔雅》苦荼,茶者荼之减笔字,前人已言之,今不

再论吃茶

复赘。茶理精于唐,茶事盛于宋。要无所谓撮泡茶者。今之撮泡茶或不知其所自,然在宋时有之,且自吾越人始之。案炒青之名已见于陆诗,而放翁《安国院试茶》之作有曰:我是江南桑苎家,汲泉闲品故园茶。只应碧缶苍鹰爪,可压红囊白雪芽。其自注曰,日铸以小瓶蜡纸,丹印封之,顾渚贮以红蓝缣囊,皆有岁贡。小瓶蜡纸至今犹然,日铸则越茶矣。不团不饼,而曰炒青曰苍龙爪,则撮泡矣。是撮泡者对碢茶官之也。又古者茶必有点。无论其为碢茶为撮泡茶,必择一二佳果点之,谓之点茶。点茶者必于茶器正中处,故又谓之点心。此极是杀风景事,然里俗以此为恭敬,断不可少。岭南人往往用糖梅,吾越则好用红姜片子,他如莲芍榛仁,无所不可。其后杂用果色,盈杯溢盏,略以瓯茶注之,谓之果子茶,已失点茶之旧矣。渐至盛筵贵客,累果高至尺余,又复雕鸾刻凤,缀绿攒红以为之饰,一茶之值乃至数金,谓之高茶,可观而不可食,虽名为茶,实与茶风马牛。又有从而反之者,聚诸干蔽烂煮之,和以糖蜜,谓之原汁茶,可以食矣,食竟则摩腹而起,盖疗饥之上药,非止渴之本谋,其于茶亦了无干涉也。他若莲子茶龙眼茶种种诸名色相沿成故,而种种糕餐饼饵皆名之为茶食,尤为可笑,由是撮泡之茶遂至为世诟病。凡事以费钱为贵耳,虽茶亦然,何必雅人深致哉。又江广间有擂茶,是姜盐煎茶遗制,尚存古意,未可与越人之高茶原汁茶同类而并讥之。

王侃著《巴山七种》,同治乙丑刻,其第五种曰《江州笔谈》,卷上有一则云：

乾隆嘉庆间宦家宴客,自客至及入席时,以换茶多寡别礼之隆杀。其点茶花果相间,盐渍蜜渍以不失色香味为贵,春不尚兰,秋不尚桂,诸果亦然,大者用片,小者去核,空其中,均以镂刻争胜,有若为钉盘者,皆闺秀事也。茶匙用金银,托盘或银或铜,皆錾细花,髹漆皮盘则描金细花,盘之颜色式样人人各异,其中托碗处围围高起一分,以约碗底,如托酒盏之护衣碟子。茶每至,主人捧盘递客,客起接盘自置于几。席罢乃啜叶茶一碗而散,主人不亲递也。今自客至及席罢皆用叶茶,言及换茶人多不解。又今之茶托子绝不见如舟如梧橐鄂者。事物之随时而变如此。

予生也晚,已在马江战役之后,儿时有所见闻亦已后于栖清山人者将三十年了。但乡曲之间有时尚存古礼,原汁茶之名虽不曾听说,高茶则屡见,有时极精巧,多至五七层,状如浮图,叠灯草为栏杆,染芝麻砌作种种花样,中列人物演故事,不过今不以供客,只用作新年祖像前陈设耳。因高茶而联想到的则有高果,旧日结婚祭祀时必用之,下为锡碗,其上立竹片,缚诸果高一尺许,大抵用荸荠金橘等物,而令人最不能忘记的却是甘蔗这一种,因为上边有"甘蔗菩萨",以带皮红甘蔗削片,略加刻画,穿插成人物,甚古拙有趣,小时候分得此菩萨一尊,比有甘蔗吃更喜欢也。莲子等茶极常见,大概以莲子为最普通,杏酪龙眼为贵,芡栗已平凡,百合与扁豆茶则卑下矣。凡待客以结婚时宴"亲送"舅爷为最隆重,用三道茶,

再论吃茶

即杏酪莲子及叶茶,平常亲戚往来则叶茶之外亦设一果子茶,十九皆用莲子。范寅《越谚》卷中饮食门下,有茶料一条,注曰,"母以莲栗枣糖遗出嫁女,名此。"又醽茶一条注曰,"新妇煮莲栗枣,遍奉夫家咸族尊长卑幼,名此,又谓之喜茶。"此风至今犹存,即平日往来馈送用提合,亦多以莲子白糖充数。儿童入书房拜蒙师,以茶盅若干副分装莲子白糖为礼,师照例可全收,似向来醽茶系致敬礼,此所谓茶又即是果子茶,为便利计乃用茶料充之,而茶料则以莲糖为之代表也。点茶用花今亦有之,惟不用鲜花临时冲入,改而为窨,取桂花茉莉珠兰等和茶叶中,密封待用。果已少用,但尚存橄榄一种,俗称元宝茶,新年入茶店多饮之取利市,色香均不恶,与茶尚不甚相忤,至于姜片等则未见有人用过。越中有一种茶盅,高约一寸许,口径二寸,有盖,与茶杯茶碗茶缸异,盖专以盛果子茶者,别有旧式者以银皮为里,外面系红木,近已少见,现所有者大抵皆陶制也。

茶本是树的叶子,摘来瀹汁喝喝,似乎是颇简单的事,事实却并不然。自吴至南宋将一千年,始由团片而用叶花,至明大抵不入姜盐矣,然而点茶下花果,至今不尽改,若又变而为果羹,则几乎将与酪竞爽了。岂醽茶致敬,以叶茶为太清淡,改用果饵,茶终非吃不可,抑或留恋于古昔之膏香盐味,故仍于其中杂投华实,尝取浓厚的味道乎?均未可知也。南方虽另有果茶,但在茶店凭栏所饮的一碗碗的清茶却是道地的苦茗,即俗所谓龙井,自农工以至老相公盖无不如此,而北方民众多嗜香片,以双窨为贵,此则犹有古风存焉。不佞食酪而亦吃茶,茶常而酪不可常,故酪疏而茶亲,惟亦未必平反旧案,主茶而奴酪耳,此二者盖牛羊与草木之别,人性各有所近,其在不佞则稍喜草木之类也。

〔附记〕 大义汪氏《大宗祠祭规》,嘉庆七年刊,有汪龙庄序,其《祭器祭品式》一篇中云大厅中堂用水果五碗,注曰高尺三,神座前及大厅东西座各用水果五碗,注曰高一尺。案此即高果,萧山风俗盖与郡城同,但《越谚》中高果却失载,不知何也。

1934年9月载《夜读抄》

糖与盐

从前在家乡的时候，每到年前总要买一些年货，以备过年之用，这差不多全是南货，我们小孩便担任开账之责，依据去年的旧账加以增减，我还记得糖这一部分，有什么台太、本间、台青这些名称。台太台面都是细白好看的糖，只买一点，给新年客人蘸粽子年糕吃之用，平常使用的多是本间，颜色微黄而鲜甜，台青则是红糖，有时煮藕脯等也非特别用这个不可，流质的黑糖名为泉水，品级似乎最低，却亦自有风味。这些精炼的上等物事往往好看不中吃，现代五磅十磅一袋的砂糖，四角的车糖，我觉得是台太的一路，正如西餐桌上的精盐，光有咸味而不鲜美，殊不足取。乡下买的粗盐，里边固然有杂质在内，但因此反而比精盐更多鲜味，我想如用那种精盐去腌白菜芥菜，那么味道一定未必有那么好吧。喝水也是泉水最好吃，雨水河水（自来水的来源）次之，若是蒸馏水，虽然顶合于卫生，可是其淡而无味，正与一切精炼的东西一样，这是纯净的化学化合物，因其纯所以也成为单调了。人类中间的知识阶级与学者也是经过了一番提炼的东西，把原来的泥土气洗掉了，便也失却了本色，与一般人民有了间隔，虽不相违反，也总难以接近。谈糖与谈盐的事而拉到人上面去，有似古文《卖柑者言》的做法，但这个比喻谁都容易联想到，所以未能免俗的加在这里，其实这或者还是转合的老调，也未可知。

1950年2月4日载《亦报》

吃饭与吃面包

中国人说吃饭，欧洲人说吃面包，这代表东方西方与两种不同的生活方式。根本是一样的都是谷食，米与麦实在所差无几，可是一个是整粒的煮，一个是磨了粉再来蒸烤，在制法这一点差异上就发生了吃法的不同，吃面包用刀叉，吃饭则是用筷子的。这两者的起源同是出于用手抓，西方面食的省五指为三成为钢叉，东方米食乃省而为二，便是竹木的筷子了。用叉的手势通用于拿钢笔，两只筷子操纵稍难，但运动也更自如，譬如用筷子夹一颗豌豆，在西洋人看来有点近于变小戏法了，在中国却是寻常的事，只要不是用的象牙或银筷子。与拿钢笔同一个道理，中国执笔的手势与拿筷子也是同一基础的。

我们现在如问中国这吃饭的方式要不要改，改得同一般通行的一样，便是改吃面包，早晚会见互问吃过面包没有呢？我想谁都立即回答说不，因为这是不可能，也不必要的。水田或者可能改造了来种麦,面包本来可以当饭,事实上中国有好些地方也经常食面,但一样还是说吃饭,如依照从来烹调法,根本都是用筷子的食物,可见吃饭的观念与用筷子的习惯是多么根深蒂固了。现在固然没有主张要改的人,我不过举这个例,说明人民的生活方式中很有些是不必要改,也是不可能改的。

1951年8月12日载《亦报》

喝茶

前回徐志摩先生在平民中学讲"吃茶"——并不是胡适之先生所说的"吃讲茶"——我没有工夫去听,又可惜没有见到他精心结构的讲稿,但我推想他是在讲日本的"茶道"(英文译作 Teaism),而且一定说得很好。茶道的意思,用平凡的话来说,可以称作"忙里偷闲,苦中作乐",在不完全的现世享乐一点美与和谐,在刹那间体会永久,是日本之"象征的文化"里的一种代表艺术。关于这一件事,徐先生一定已有透彻巧妙的解说,不必再来多嘴,我现在所想说的,只是我个人的很平常的喝茶罢了。

喝茶以绿茶为正宗。红茶已经没有什么意味,何况又加糖——与牛奶?葛辛(George Gissing)的《草堂随笔》(*Private Papers of Henry Ryecroft*)确是很有趣味的书,但冬之卷里说及饮茶,以为英国家庭里下午的红茶与黄油面包是一日中最大的乐事,支那饮茶已历千百年,未必能领略此种乐趣与实益的万分之一，则我殊不以为然。红茶带"土斯"未始不可吃，但这只是当饭，在肚饥时食之而已；我的所谓喝茶，却是在喝清茶，在赏鉴其色与香与味，意未必在止渴，自然更不在果腹了。中国古昔曾吃过煎茶及抹茶，现在所用的都是泡茶，冈仓觉三在《茶之书》(*Book of Tea*, 1919)里很巧妙的称之曰"自然主义的茶"，所以我们所重的即在这自然之妙味。中国人上茶馆去，左一碗右一碗的喝了半天，好像是刚从沙漠里回来的样子，颇合于我的喝茶的意思（听说闽粤有所谓吃功夫茶者自然更有道理），只可惜近来太是洋场化，失了本意，其结果成为饭馆子之流，只在乡村间还保存一点古风，惟是屋宇器具简陋万分，或者但可称为颇有喝茶之意，而未可许为已得喝茶之道也。

喝茶当于瓦屋纸窗之下，清泉绿茶，用素雅的陶瓷茶具，同二三人共饮，得半日之闲，可抵十年的尘梦。喝茶之后，再去继续修各人的胜业，无论为名为利，都无不可，但偶然的片刻优游乃正亦断不可少。中国喝茶时多吃瓜子，我觉得不很适宜；喝茶时可吃的东西应当是轻淡的"茶食"。中国的茶食却变了"满汉饽饽"，其性质与"阿阿兜"相差无几，不是喝茶时所吃的东西了。日本的点心虽是豆米的成品，但那优雅的形色，朴素的味道，很合于茶食的资格，如各色的"羊羹"（据上田恭轴氏考据，说是出于中国唐时的羊肝饼），尤有特殊的风味。江南茶馆中有一种"干丝"，用豆腐干切成细丝，加姜丝酱油，重汤炖热，上浇麻油，出以供客，其利益为"堂馆"所独有。豆腐干中本有一种"茶干",今变而为丝,亦颇与茶相宜。在南京时常食此品,据云有某寺文丈所制为最,虽也曾尝试,却已忘记,所记得者乃只是下关的江天阁而已。学生们的习惯,平常"干丝"既出,大抵不即食,等到麻油再加,开水重换之后,始行举箸,最为合式,因为一到即罄,次碗继至,不遑应酬,否则麻油三浇,旋即撤去,怒形于色,未免使客不欢而散,茶意都消了。

吾乡昌安门外有一处地方名三脚桥(实在并无三脚,乃是三出,因以一桥而跨三汊的河上也),其地有豆腐店曰周德和者,制茶干最有名。寻常的豆腐干方约寸半,厚可三分,值钱二文,周德和的价值相同,小而且薄,几及一半,黝黑坚实,如紫檀片。我家距三脚桥有步行两小时的路程,故殊不易得,但能吃到油炸者而已。每天有人挑担设炉镬,沿街叫卖,其词曰:

辣酱辣,麻油炸,

红酱搽,辣酱拓,

周德和格五番油炸豆腐干。

其制法如上所述,以竹丝插其末端,每枚三文。豆腐干大小如周德和,而甚柔软,大约系常品,惟经过这样烹调,虽然不是茶食之一,却也不失为一种好豆食——豆腐的确也是极东的佳妙的食品,可以有种种变化,惟在西洋不会被领解,正如茶一般。

日本用茶淘饭,名曰"茶渍",以腌菜及"泽庵"(即福建的黄土萝卜,日本泽庵法师始传此法,盖从中国传去)等为佐,很有清淡而甘香的风味。中国人未尝不这样吃,惟其原因,非由穷困即为节省,殆少有故意往清茶淡饭中寻其固有之味者,此所以为可惜也。

1924 年 12 月 29 日载《语丝》7 期

喝茶

谈酒

这个年头儿，喝酒倒是很有意思的。我虽是京兆人，却生长在东南的海边，是出产酒的有名地方。我的舅父和姑父家里时常做几缸自用的酒，但我终于不知道酒是怎么做法，只觉得所用的大约是糯米，因为儿歌里说，"老酒糯米做，吃得变 nionio"——末一字是本地叫猪的俗语。做酒的方法与器具似乎都很简单，只有煮的时候的手法极不容易，非有经验的工人不办，平常做酒的人家，大抵聘请一个人来，俗称"酒头工"，以自己不能喝酒者为最上，叫他专管鉴定煮酒的时节。有一个远房亲戚，我们叫他"七斤公公"——他是我舅父的族叔，但是在他家里做短工，所以舅母只叫他作"七斤老"，有时也听见她叫"老七斤"，是这样的酒头工，每年去帮人家做酒；他喜吸旱烟，说玩话，打麻将，但是不大喝酒（海边的人喝一两碗是不算能喝，照市价计算也不值十文钱的酒），所以生意很好，时常跑一二百里路被招到诸暨嵊县去。据他说这实在并不难，只须走到缸边屈着身听,听见里边起泡的声音切切察察的,好像是螃蟹吐沫(儿童称为蟹煮饭)的样子,便拿来煮就得了;早一点酒还未成,迟一点就变酸了。但是怎么是恰好的时期,别人仍不能知道,只有听熟的耳朵才能够断定,正如骨董家的眼睛辨别古物一样。

大人家饮酒多用酒盅,以表示其斯文,实在是不对的。正当的喝法是用一种酒碗,浅而大,底有高足,可以说是古已有之的香槟杯。平常起码总是两碗,合一"串筒",价值似是六文一碗。串筒略如倒写的凸字,上下部如一与三之比,以洋铁为之,无盖无嘴,可倒而不可筛,据好酒家说酒以倒为正宗,筛出来的不大好吃。惟酒保好于量酒之前先"荡"(置水于器内,摇荡而洗涤之谓)串筒,荡后往往将清水之一部分留在筒内,客嫌酒淡,常起争执,故喝酒老手必先戒堂倌以勿荡串筒,并监视其量好放在温酒架上。能饮者多索竹叶青,通称曰"本色","元红"系状元红之略,则着色者,惟外行人喜饮之。在外省有所谓花雕者,惟本地酒店中却没有这样东西。相传昔时人家生女,则酿酒贮花雕(一种有花纹的酒坛)中,至女儿出嫁时用以饷客,但此风今已不存,嫁女时偶用花雕,也只临时买元红充数,饮者不以为珍品。有些喝酒的人预备家酿,却有极好的,每年做醇酒若干坛,按次第埋园中,二十年后掘取,即每岁皆得饮二十年陈的老酒了。此种陈酒例不发售,故无处可买,我只有一回在旧日业师家里喝过这样好酒,至今还不曾忘记。

我既是酒乡的一个土著,又这样的喜欢谈酒,好像一定是个与

"三酉"结不解缘的酒徒了。其实却大不然。我的父亲是很能喝酒的,我不知道他能喝多少,只记得他每晚用花生米水果等下酒,且喝且谈天,至少要花费两点钟,恐怕所喝的酒一定很不少了。但我却是不肖,不,或者可以说有志未逮,因为我很喜欢喝酒而不会喝,所以每逢酒宴我总是第一个醉与脸红的。自从辛酉患病后,医生叫我喝酒以代药饵,定量是白兰地每回二十格兰姆,葡萄酒与老酒等倍之,六年以后酒量一点没有进步,到现在只要喝下一百格兰姆的花雕,便立刻变成关夫子了(以前大家笑谈称作"赤化",此刻自然应当谨慎,虽然是说笑话)。有些有不醉之量的,愈饮愈是脸白的朋友,我觉得非常可以欣羡,只可惜他们愈能喝酒便愈不肯喝酒,好像是美人之不肯显示她的颜色,这实在是太不应该了。

　　黄酒比较的便宜一点,所以觉得时常可以买喝,其实别的酒也未尝不好。白干于我未免过凶一点,我喝了常怕口腔内要起泡,山西的汾酒与北京的莲花白虽然可喝少许,也总觉得不很和善。日本的清酒我颇喜欢,只是仿佛新酒模样,味道不很静定。葡萄酒与橙皮酒都很可口,但我以为最好的还是白兰地。我觉得西洋人不很能够了解茶的趣味,至于酒则很有工夫,决不下于中国。天天喝洋酒当然是一个大的漏卮,正如吸烟卷一般,但不必一定进国货党,咬定牙根要抽净丝,随便喝一点什么酒其实都是无所不可的,至少是我个人这样地想。

　　喝酒的趣味在什么地方?这个我恐怕有点说不明白。有人说，酒的乐趣是在醉后的陶然的境界。但我不很了解这个境界是怎样的，因为我自饮酒以来似乎不大陶然过，不知怎的我的醉大抵都只是生理的，而不是精神的陶醉。所以照我说来，酒的趣味只是在饮的时候，我想悦乐大抵在做的这一刹那，倘若说是陶然那也当是杯在口的一刻罢。醉了，困倦了，或者应当休息一会儿，也是很安舒的，却未必能说酒的真趣是在此间。昏迷，梦魇，呓语，或是忘却现世忧患之一法门；其实这也是有限的，倒还不如把宇宙性命都投在一口美酒里的耽溺之力还要强大。我喝着酒，一面也怀着"杞天之虑"，生恐强硬的礼教反动之后将引起颓废的风气，结果是借醇酒妇人以避礼教的迫害，沙宁(Sanin)时代的出现不是不可能的。但是，或者在中国什么运动都未必彻底成功，青年的反拨力也未必怎么强盛，那么杞天终于只是杞天，仍旧能够让我们喝一口非耽溺的酒也未可知。倘若如此，那时喝酒又一定另外觉得很有意思了罢？

1926年6月28日载《语丝》85期

记爱窝窝

爱窝窝为北京极普通的食物：其名义乃不甚可解，载籍中亦少记录，《燕都小食品杂咏》中有爱窝窝一首，注中亦只略疏其形状，云回人所售食品之一而已。阅李光庭著《乡言解颐》卷五载刘宽夫日下七事诗，末章中说及爱窝窝，小注云：

窝窝以糯米粉为之，状如元宵粉荔，中有糖馅，蒸熟外糁薄粉，上作一凹，故名窝窝。田间所食则用杂粮面为之，大或至斤许，其下一窝如白而覆之。茶馆所制甚小，曰爱窝窝，相传明世宫中有嗜之者，因名御爱窝窝，今但曰爱而已。

说甚详明，爱窝窝与窝窝头的关系得以明了，所记传说亦颇近理，近世不有仿膳之小窝窝头乎，正可谓无独有偶。诗为丙午作，盖是道光二十六年，书则在三年后所刊也。七月廿七日记于北平。

1938 年 8 月 10 日载《晨报》

《茶之书》序

方纪生君译冈仓氏所著《茶之书》为汉文,属写小序。余曾读《茶之书》英文原本,嗣又得见村冈氏日本文译本,心颇欢喜,喤引之役亦所甚愿,但是如何写法呢?关于人与书之解释,虽然是十分的想用心力,一定是挂一漏万,不能讨好,惟有藏拙乃是上策,所以就搁下来了。近日得方君电信知稿已付印,又来催序文,觉得不能再推托了,只好设法来写,这回却改换了方法,将那古旧的不切题法来应用,似乎可以希望对付过去。我把冈仓氏的关系书类都收了起来,书几上只摆着一部陆羽的《茶经》,陆廷灿的《续茶经》,以及刘源长的《茶史》。我将这些书本胡乱的翻了一阵之后,忽然的似有所悟。这自然并不真是什么的悟,只是想到了一件事,茶事起于中国,有这么一部《茶经》,却是不曾发生茶道,正如虽有《瓶史》而不曾发生花道一样,这是什么缘故呢?中国人不大热心于道,因为他缺少宗教情绪,这恐怕是真的,但是因此对于道教与禅也就不容易有甚深了解了罢。这里我想起中国平民的吃茶来。吃茶的地方普通有茶楼茶园等名称，此只是说村市的茶店，盖茶楼等处大抵是苏杭式的吃茶点的所在，茶店则但有清茶可吃而已。茹敦和《越言释》中店字条下云：

古所谓坫者，盖垒土为之，以代今人卓子之用。北方山桥野市，凡卖酒浆不托者，大都不设卓子而有坫，因而酒曰酒店，饭曰饭店。即今京师自高梁桥以至圆明园一带，盖犹见古俗，是店之为店，实因坫得名。

吾乡多树木，店头不设坫而用板桌长凳，但其素朴亦不相上下，茶具则一盖碗，不必带托，中泡清茶，吃之历时颇长，曰坐茶店，为平民悦乐之一。士大夫摆架子不肯去，则在家泡茶而吃之，虽独乐之趣有殊，而非以疗渴，又与外国入蔗糖牛乳如吃点心然者异，殆亦意在赏其苦甘味外之味欤。红茶加糖，可谓俗已。茶道有宗教气，超越矣，其源盖本出于禅僧。中国的吃茶是凡人法，殆可称为儒家的，《茶经》云，啜苦咽甘，茶也，此语尽之。中国昔有四民之目，实则只是一团，无甚分别，缙绅之间反多俗物，可为实例，日本旧日阶级俨然，风雅所寄多在僧侣以及武士，此中同异正大有考索之价值。中国人未尝不嗜饮茶，而茶道独发生于日本，窃意禅与武士之为用盖甚大，西洋人读茶之书固多闻所未闻，在中国人则心知其意而未能行，犹读语录者看人坐禅，亦当觉得欣然有会。一口说东洋文化，其间正复多歧，有全然一致者，亦有同而异，异而同者。

关于茶事今得方君译此书,可以知其同中有异之迹,至可欣感,若更进而考其意义特异者,于了解民族文化上亦更有力,有如关于粢与酒之书,方君其亦有意于斯乎。中华民国三十三年十一月二十日。

1945 年 8 月载《立春以前》

绍兴酒的将来

《西斋偶得》中说饮食与音乐变化最快，越数百年便全不可知，《东京梦华录》所记汴城食料，南渡后杭城所市食物，张沂王进高宗食单，大半不知其名，又尝见名人所刻书内有蒙古女真畏吾儿回回食物单，思之亦不能入口。后又云：今天下盛行三事，绍兴酒、昆腔曲、马吊戏，皆起于明之中叶。绍兴酒始见于《谰言长语》，谓入口便螫，味同烧刀，此酒一出，金华浙闽诸酒皆废矣。明朝中叶大概可以算作十六世纪初，到现在已将四百五十年，昆曲久已为京戏所压倒，再也站不起来。马吊也被麻将牌所取而代之了。绍兴酒总算还是健在，实在很不容易了，不过就上边那一节看来，他也并非毫无变化，据《谰言长语》说他入口便螫，味同烧刀，假如这不是作者因为喝不惯而随口胡骂，那么一定当初绍兴酒的确是那么样了。现在再请教普天下吃绍兴酒的看官，目下是否如此，我想这答案总是说否，他和烧刀总不是一样的。所以我们可以推定绍兴酒最初乃是辛螫的，后来变得温和，像现代的那样，但是将来如何，我们可不能知道，说不定他又非变得像烧酒那么不可，说话无甚凭据，只是觉得并非不可能罢了。绍兴酒的价值不比烧酒便宜，吃起来却更为耗费，岂非失败之道乎？至于这要如何使他变化，可与烧刀竞爽，那是酿造上专门的事情，不是我们所能知道的了。

1950年1月14日载《大报》

绍兴酒的将来

三顿饭

南方人见人打招呼,问吃过饭不,说者谓都是饿鬼转世。乡间饭时有客来,主人主妇必以筷指其饭碗曰,我里吃饭,我读额挨切,意云我们,我里者我们这里也。客人照例曰,请请。则寒暄已毕,可以开始谈话了。乡下还有一点很特别的事,便是每天必吃三顿饭,每顿饭必现煮,可以说对于饭真是热心。因为早上吃饭,须得买菜做菜,菜市很早,去买的也非早不可,城内早市匆忙的情形为别处所少见,隔了一条江的杭州便不如此,那里早晨吃水泡饭,午前上街去买菜是很从容的。不过这三顿也只重在饭而已,至于下饭那并不看重,虽然比北方要好一点,因为鱼虾常有,不论贫富都吃得着。煮饭用灶,多烧稻草,只此一锅,平常的菜都蒸熯在上边,高的锅盖之下总可以放三层饭架,三四十二,便有十二碗,竟是一大桌了。茭白架子放在饭里,虾米白鲞汤,盐渍鲜鱼,打鸭子即溜黄菜,勒鲞加肉饼,搁在饭架上,等饭熟时这也好了,平常已经可以请客吃便饭，若再添炒鸡子和盐烤虾，那才去生起小风炉来另做。汪龙庄在湖南做知县，竭力提倡过这种煮饭法，关于灶和锅，在他所著《善俗书》里说的很详细。这蒸菜的办法，有一缺点，就是安排不容易，假如一碗腌菜一倾侧，饭里便全有了气味，虽然上灶的人对于叠饭架甚有经验，这种失败还是常会有的。

1950 年 6 月 14 日载《亦报》

"总理衙门"

勤孟先生讲宜兴沙锅的大杂烩很有意思，这比普通的一品锅更是平民化，而且用沙锅煮，比盛在铜锡器中尤其适宜，煨炖食物以陶器为最好，就是搪瓷也还不行，现时沙锅什么之流行原是不足怪的。别地方不知道，在北京大概最初流行的是沙锅豆腐，这最实惠好吃，也与沙锅相配，沙锅鸡与鱼翅未始不好，但太是阔气，当是到了大饭馆手里之后的演变了。"两江总督"的名称也很好玩，虽然不明白是什么意思。民国以前北京也有一样菜叫做"总理衙门"，不过这只是几个京官说了出来，通行于一部分的饭馆，并不怎么普遍，而且那菜也不好吃，所以后来到了民国就渐渐不听见说了。这其实就是蛋花汤，北京称为木樨汤的，至于意义则不难了解，即是说浑蛋罢了。清末总理衙门的官是办外交事务的，本来要算是"时务"，可是实在仍是昏聩胡涂的多，在少数老新党看来还是很可气的，所以加上这个徽号，又复灯谜似的送给了无辜的木樨汤了。据我所了解，喜欢使用这名称者是钱念劬，即是玄同的老兄，发明者即使不是他，也总是他们同时的几个新外交官吧，但是从喜欢开玩笑的这一点看来，大概还是他顶有这可能。

1950年11月30日载《亦报》

古代的酒

中国古代的酒怎么样,现时不容易知道,姑且不谈。我们从反面说来,火酒据说是起于元朝,这烧法是从外族传来的,那么可知以前有的只是米酒,也是用糯米所做,由陶渊明要多种秫可以知道。唐诗中常有药酒,那当然也是用黄酒的吧,我们乡下从前老太太们浸补药酒便是用老酒,与枣子酒一样。但是虽说米酒黄酒,却还不能算是老酒,因为古人喝的都是新酒,陶渊明用葛巾漉酒,固是一例,杜甫也说樽酒家贫只旧醅,这与绿蚁新醅酒可以对照,这绿蚁也即是酒滓,可见自晋至唐情形还是相同。唐时已有葡萄美酒,却不见通行,一则或因珍贵难得,一则古人大概酒量不大,只喜欢喝点淡薄的新做米酒罢了。在欧洲古代,希腊人喝葡萄酒都和了水,传说最初做酒的人拿去给牧牛人喝,他们不懂得掺水，喝得醺醺大醉，以为中了迷药，把那给酒的人打死了。现在朋友们中能喝得白酒半斤以上的比比皆是，可知酒量是今人好得多了。

1950年12月26日载《亦报》

煎茶

《亦报》邮寄偶有失落，请求补寄到来时大抵已迟了七八天了，勤孟先生的那篇《中国茶道》，因此也是刚才看见的，却令我想起震钧的《煎茶说》来。这收在《天咫偶闻》卷八中，据他说是根据陆羽《茶经》想出来的，读了觉得颇有道理，但没有试验过，因为准备稍为有点麻烦。茶叶倒并不拘，碧螺春最好，次则天池龙井，别的也可以，要紧的是煮茶的沙铫，杉木炭去皮，这都不大好找，水则泉水，但雨水也可以。东西齐备了，便着手来煎，这个火候最难，据说妙诀便在东坡的"蟹眼已过鱼眼生，飕飕欲作松风鸣"这两句诗里，照他的话来说是，"细沫徐起，是为蟹眼，少顷巨沫跳珠，是为鱼眼，时则微响初闻，则松风鸣也。自蟹眼时即出水一二匙，至松风鸣时复入之以止其沸，即下茶叶，大约铫水半斤，受叶二钱，少顷水再沸，如奔涛溅沫，而茶成矣。"西洋人茶里加牛奶与糖，我们看了觉得好笑，其实用花果点茶也只是五十步之差，震钧却又笑今人以沸汤瀹茗，全是苦涩，这批评也不无道理。我想只用瓦壶炭炉亦可试验，倘能成功，饮的方法大可改良一下，庶几不至于辜负了中国的名产，也是好的吧。

1951年2月14日载《亦报》

过年的酒

在上海的朋友于旧历祭灶之日,写信给我,末云:"过年照例要过,而支出大增,酒想买一坛而不大能,而过年若无酒,在我就不是过年了。"初二那天的信里又说:"酒已得一坛,大约四五十斤,年前有人说起极好极好,价为廿万,比市价八折,又有人垫款,谁知是苏州的绍兴酒,大失所望。绍酒好处在其味鲜,伪绍酒的味道乃是木侄侄的也。"话虽如此,在四五十斤的旁边小注云,已喝了三分之二,口渴的情形如见,东坡云饮酒饮湿,此公有点相近了。不过说起失望来,我也有相同的事,虽然并不是绍兴酒而是关于白干的。这样说来,好像我是比他还酒量大,因为弃黄而取白,其实当然不是。

北京的伪绍酒是玉泉,大概也不免木侄侄,不过在我们非专家也还没啥,问题是三斤一玻璃瓶,我要吃上半个月,不酸也变味了,所以只好改用白酒,一斤瓶尽可以放许多日子。可是不知怎的,二锅头没有齐公从前携尊就教时的那么好吃，就是有人送我的一瓶茅台酒也是辣得很，结果虽不是戒酒，实际上就很少吃了。小时候咩一口本地烧酒，觉得很香，后来尝到茅台，仿佛是一路的，不知道现在的绍烧是否也同样的变辣了么？

1951年2月23日载《亦报》

鸡鸭与鹅

前回且居先生提议越鸡烤了吃怎么样,我来响应他,写了一篇小文,题曰《烤越鸡》,不大赞成他的提议,却也不一定反对。但中间有一句话云,我对于鸡鸭本不爱好,这却是错误的,鸡字乃是烤字之误。我附议且居先生,主张吃白鸡与糟鸡,又以未吃齐公的虾油鸡为恨,可见并不是不爱好鸡肉的,辩明没有什么必要,但那是事实,否则上下文气也有矛盾。至于鸭,我确是不喜欢,虽然酱鸭与盐水鸭也有可取,但确不能说它比糟鸡或油鸡能好多少。到便宜坊去吃烤鸭子,假如有人请我自然不见得拒绝,不过并不怎么佩服,这脆索索的烤焦的皮,蘸上甜酱加大葱,有什么好吃的,我很怀疑有些人多不免是耳食。西洋人夸称"北京鸭",一半是好奇,一半是烧烤所以合口味,但由我看来,这至少不是南方味,我们还有守旧分子的人总觉得没有多大意思。烧鹅我却是很爱吃,那与烤鸭子有好些不同,它不怕冷吃,连肉切块,不单取皮和油,又用酱油与醋蘸，便全是乡下风味，糟鹅与扣鹅也很好吃，要说它比鸡更好似乎并无不可。北京不吃鹅肉很是可惜，它只是背上涂上洋红，假充作雁，用于结婚时，近来旧式婚礼渐废，在市上它也就几乎看不见了。

1951年3月8日载《亦报》

绍兴酒

说到"绍兴酒",我以绍兴人的资格,不免假充内行人,来说几句关于老酒的话。不过这里内行也很有限制,因为我既不能喝,又不会得做,所以实在也只是道听途说的话而已。

做老酒的技巧,恐怕这并不只限定于老酒一种,凡做酒都是一样,在于审定煮酒的时候,早了没有熟,迟了酒就要酸了。这决定便完全掌握在技师的手里。乡下人称这种技师为"酒头工",做酒的人家出重资,路远迢迢的来聘人前去,专门鉴定酒熟了应该煮的时候。这酒头工的手段有高下,附带的条件是要他自己不吃老酒。做酒的地方去吃点老酒并不花费什么,这不打紧,要紧的是怕他醉了,耳朵听不清楚,误了大事,糟蹋了一缸酒倒不是玩的。据说酒头工无他巧妙,只是像一个贼似的轻轻在缸外巡行,听缸里气泡切切做声,听到了某一种声音,知道酒是成熟了,便立刻命令去煮。他的本领全在这一点,承收"包银",享受技师的待遇,这在科学不发达的时代，只能凭个人的经验，以后恐怕有科学方法可用了。现在公私合营以来，"酒头工"成为一种技工，情形已有不同，但这听酒的方法大概还是照旧，未曾被科学的机械所取而代之吧。

关于吃酒，我也想来几句假内行话，因为我是有心吃酒，却是没有实力喝多少的一个人。但是我的话有些也有根据，我是依据能喝酒的人说的，便是酒的"品"是甜最下，苦次之，酸要算顶好，酒有点酸味还不妨其为好酒，至于甜那要算是恶酒了。

沈永和酒厂在民国初年始创善酿酒，是一种"酒做酒"，很是有名，但是缺点是"甜"，不为好酒家所欢迎。近来报上发表新品种，大抵都是用老酒底子，做成甜酒，不是米酒的正宗，而是果酒和露酒了。甜酒的好处是好吃，而不能多吃，坏处则是醉了不好受。善酿酒便是这样，它的名誉一方面也就是它的不名誉。爱喝善酿酒的不是真喝酒的，所以得他们欢迎，却于推销方面不能发挥什么作用，是没有多大效力的。我有一个同乡，他善能吃酒，因为酒量极大，每回起码要喝一斤，此时感觉吃不起，结果以泸州大曲代之。他对于绍兴酒有一种感慨，说好酒不多，以后故乡的名誉差不多要依靠越剧了！对于这句话没有一分的折扣，我完全附议。

1957年7月14日载《新民报晚刊》

关于糯米

在《文汇报》上看到这一节记事:"视察过鲁迅先生故乡绍兴的作家艾芜说,由于制酒等原因,绍兴从来就是缺粮的地方,平均每年总有三四个月的粮食要由外地支援。但是,现在绍兴已变为余粮县。"这关于故乡的好消息,是值得欢迎的。但是这里有一点误解,说缺粮的一部分原因是因为做酒,是不正确的,须有说明之必要,因为绍兴酒是用糯米做的。

我们小时候所常唱的歌谣里,有两句是绍兴人拿来讥笑醉人的话,说的很得要领,其词曰:老酒糯米做,吃得变 nyonyo。这末了的字我用了罗马字,因为实在写不出,写了也没有铅字。这字从双口,底下一个典韦的典字,收在《康熙字典》的补遗里,注云"呼豖声"。这倒有点对的,但云尼迈切,与绍兴音读作尼荷切者迥不相同。绍兴话猪猡称为"nyo 猪",nyonyo 者亲爱之称也。意思酒醉的人沉醉打呼,与猪无甚区别。由此看来,老酒之用糯米所做,已无问题，从个人幼年经验说来，还曾分得做酒用的糯米团饭吃过，不过老实说来并不高明，因为糯米不甚精白，没有粽子那么好吃。至于本为做酒的团饭，为什么拿来闲吃的呢，那在当时没有问明，所以不知道了。

这里我还知道一件事实，原来那些做酒的糯米，分量着实不少，也并不是绍兴本地的出产，全是外地来的。这件事我从一个过去多年在江南这一带做地方官的朋友听来，他即使别的话靠不住，在这一点上，是不会说谎的。据说做老酒的那种原料，悉由江苏溧阳运去，抗战后供应中断，影响出产。古语有云："鲁酒薄而邯郸围。"现在岂不是这话的反证么？

不过老实说来，这糯米做的老酒并不怎么引起我的乡思来，令人怀念的却是普通有的糯米食。北方点心主要是面食，南方则是米食，特别是糯米，粽子不必说了，汤团也罢，麻糍也罢，用的都是糯米粉，还有糕团铺大宗物品，也是如此。这项消耗大约也并不少，仅次于做酒吧，它的供应恐怕也依靠邻省，因为绍兴我不听说什么地方出产，走过的地方也不曾看见种有糯米。说来惭愧，实在糯米只是在米店见到过，还不曾见过整株的糯稻呢！满口吃着粽子，却还不知做粽子的米是怎样的，这实在是城里人的一种耻辱。

1957年8月9日载《新民报晚刊》

茶汤

我们看古人的作品，对于他的思想感情，大抵都可了解，因为虽然有年代间隔，那些知识分子的意见总还可想象得到，惟独讲到他们的生活，我们便大部分不知道，无从想象了。我们看宋朝人的亲笔书简，仿佛觉得相隔不及百年，但事实上有近千年的历史，这其间生活情形发生变动，有些事缺了记载，便无从稽考了。最显著的事例如吃食，从前章太炎先生批评考古学家，他们考了一天星斗，我问他汉朝人吃饭是怎样的，他们能说什么？这当然是困难的事，汉朝人的吃食方法无法可考，但是宋朝，因为在历史博物馆有老百姓家里的一张板桌，一把一字椅，曾经在巨鹿出土，保存在那里，我们可以知道是用桌椅的了，又有些家用碗碟，可以推想食桌的情形。但是吃些什么呢？查书去无书可查，一般笔记因为记录日常杂事嫌它烦琐，所以记的极少，往往有些食品到底不知是怎样的，这是一个很大的缺憾。现在我们收小范围，只就一两件事，与现今可以发生联系的，来谈一下吧。

《水浒传》里的王婆开着茶坊，但是看她不大卖泡茶，她请西门庆喝的"梅汤"，和不知是什么的"和合汤"，看下文西门庆说，"放甜些。"可知是甜的东西，末了点两盏"姜汤"了。后来她招待武大娘子，"浓浓地点道茶，撒上些白松子胡桃肉。"那末也不是清茶了，却是一种好喝的什么汤了。这里恰好叫我想起北京市上的所谓"茶汤"了，这乃是一种什么面粉，加糖和水调了，再加开水冲了吃，仿佛是藕粉模样，小孩们很喜欢喝。此外有"杏仁茶"和"牛骨髓茶"，也与这相像，不过那是别有名堂，不是混称茶汤了。我看见这种"茶汤"，才想到王婆撒上些白松子胡桃肉的，大约是这一类的茶了。茶叶虽然起于六朝，唐人已很爱喝，但这还是一种奢侈品，不曾通行民间，我看《水浒传》没有写到吃茶或用茶招待人的，不过沿用茶这名称指那些饮料而已。

据这个例子，假如笔记上多记这些烦琐的事物，我们还可根据了与现有的风俗比较，说不定能够明白一点过去。现在的材料只有小说，顶古旧也不能过宋朝，那末对于汉朝的吃食，没有方法去知道的了。

1957年10月6日载《新民报晚刊》

茶汤

吃茶

吃茶是一个好题目,我想写一篇文章来看。平常写文章,总是先有了意思,心里组织起来,先写什么,后写什么,腹稿粗定,随后就照着写来,写好之后再加一题目,或标举大旨,如《逍遥游》,或只拣文章起头两个字,如《马蹄》、《秋水》,都有。有些特别是近代的文人,是有定了题目再做,英国有一个姓密棱的人便是如此,印刷所来拿稿子,想不出题目,便翻开字典来找,碰到金鱼就写一篇金鱼。这办法似乎也有意思,但那是专写随笔的文人,有他一套本事,假如别人妄想学步,那不免画虎类狗,有如秀才之做赋得的试帖诗了。我写这一篇小文,却是预先想好了意思,随后再写它下来,这是正统的写法,不过因为觉得这题目颇好,所以跑了一点野马,当作一个引子罢了。

其实我的吃茶是够不上什么品位的,从量与质来说都够不上标准,从前东坡说饮酒饮湿,我的吃茶就和饮湿相去不远。据书上的记述,似乎古人所饮的分量都是很多,唐人所说喝过七碗觉腋下习习风生,这碗似乎不是很小的,所以六朝时人说是"水厄"。我所喝的只是一碗罢了,而且他们那时加入盐姜所煮的茶也没有尝过,不晓得是什么滋味,或者多少像是小时候所喝的伤风药午时茶吧。讲到质,我根本不讲究什么茶叶,反正就只是绿茶罢了,普通就是龙井一种,什么有名的罗齐,看都没有看见过,怎么够得上说吃茶呢?

一直从小就吃本地出产本地制造的茶叶,名字叫做本山,叶片搓成一团,不像龙井的平直,价钱很是便宜,大概好的不过一百六十文一斤吧。近年在北京这种茶叶又出现了,美其名曰平水珠茶,后来在这里又买不到,结果仍旧是买龙井,所能买到的也是普通的种类,若是旗枪雀舌之类却是没有见过,碰运气可以在市上买到碧螺春,不过那是很难得遇见的。从前曾有一个江西的朋友,送给我好些六安的茶,又在南京一个安徽的朋友那里吃到太平猴魁,都觉得很好,但是以后不可再得了。最近一个广西的朋友,分给我几种他故乡的茶叶,有横山细茶,桂平西山茶和白毛茶各种,都很不差,味道温厚,大概是沱茶一路,有点红茶的风味。他又说西南有苦丁茶,一片很小的叶子可以泡出碧绿的茶来,只是味很苦。我曾尝过旧学生送我的所谓苦丁茶,乃是从市上买来,不是道地西南的东西,其味极苦,看泡过的叶子很大而坚厚,茶色也不绿而是赭黄,原来乃是故乡的坟头所种的狗朴树,是别一种植物。我就是不喜欢北京人所喝的"香片",这不但香无可取,就是茶味也有说不出的一股甜熟的味道。

以上是我关于茶的经验,这怎么够得上来讲吃茶呢？但是我说这是一个好题目,便是因为我不会喝茶可是喜欢玩茶,换句话说就是爱玩耍这个题目,写过些文章,以致许多人以为我真是懂得茶的人了。日前有个在大学读书的人走来看我,说从前听老师说你怎么爱喝茶,怎么讲究,现在看了才知道是不对的。我答道："可不是吗？这是你们贵师徒上了我的文章的当。孟子有言,尽信书则不如无书。现在你从实验知道了真相,可以明白单靠文字是要上当的。"我说吃茶是好题目,便是可以容我说出上面的叙述,我只是爱耍笔头讲讲,不是捧着茶缸一碗一碗的尽喝的。

1964 年 1 月 27 日载香港《新晚报》

图书在版编目（CIP）数据

吃肉 / 周作人著. — 南京：江苏文艺出版社，2014.6
ISBN 978-7-5399-7235-0

Ⅰ. ①吃… Ⅱ. ①周… Ⅲ. ①散文集－中国－现代 Ⅳ. ①I266

中国版本图书馆CIP数据核字(2014)第039430号

书　　　名	吃　肉
著　　　者	周作人
责 任 编 辑	赵　阳　胡　泊
出 版 发 行	凤凰出版传媒股份有限公司
	江苏文艺出版社
出版社地址	南京市中央路165号，邮编：210009
出版社网址	http://www.jswenyi.com
经　　　销	凤凰出版传媒股份有限公司
印　　　刷	江苏凤凰新华印务集团有限公司
开　　　本	880×1230　毫米　1/32
印　　　张	7.625
字　　　数	150千字
版　　　次	2014年6月第1版　2020年4月第2次印刷
标 准 书 号	ISBN 978-7-5399-7235-0
定　　　价	35.00元

（江苏文艺版图书凡印刷、装订错误可随时向承印厂调换）